EL REGRESO DE MALINOWSKI GRANT

COLECCIÓN CANIQUÍ

EDICIONES UNIVERSAL, Miami, Florida, 2013

ROBERTO LUQUE ESCALONA

EL REGRESO DE MALINOWSKI GRANT

Copyright © 2013 by Roberto Luque Escalona

————

Primera edición, 2013

EDICIONES UNIVERSAL
P.O. Box 450353 (Shenandoah Station)
Miami, FL 33245-0353. USA
Tel: (305) 642-3234 Fax: (305) 642-7978
e-mail: ediciones@ediciones.com
http://www.ediciones.com

Library of Congress Catalog Card No.: 2013931813
ISBN-10: 1-59388-246-7
ISBN-13: 978-1-59388-246-4

Edición al cuidado de Thais Pujol

Diseño de la cubierta: Luis García Fresquet
Walter Gutiérrez posó para la foto de la portada.

A todos los que sirvieron de modelo para crear mis personajes, de esta novela y de las anteriores, amigos y amigas; incluso enemigos y enemigas, y a todas las personas lejanas que por una u otra razón han quedado en mi recuerdo.

—¿*Careta*?

Que nadie lo llamara por su nombre y la recurrente condición de fugitivo eran parte de su *karma*.

Sonrió. Entonces ella supo el origen de aquel mote. El rostro del joven semejaba una sonriente careta de carnaval o una de esas máscaras que, en el teatro, simbolizan la comedia.

—¿Ve? —dijo él sin dejar de sonreír.

—Sí —dijo ella, y también sonrió —Pero, ¿cómo te llamas?

—Malinowski Grant.

—¡Dios mío! ¡Qué combinación!

—Rarita, ¿verdad? Malinowski por Rodión Malinowski, un mariscal soviético de la II Guerra Mundial. Grant es el apellido de mi padre, un pichón de jamaiquino nacido en... —Estuvo a punto de decir el nombre con que los comunistas habían rebautizado aquel ingenio azucarero del valle de Nipe, pero se detuvo a tiempo y lo llamó por el que le dieron quienes lo fundaron: —... Báguanos.¿Sabe dónde está Báguanos?

La mujer se echó a reír.

—¿No te dije que soy de Holguín?

—Sí. Se me había olvidado.

—Pues que no se te olvide, que ser de Holguín no es poca cosa. Tú también naciste allá, ¿no?

—Mis padres se mudaron a La Habana antes de yo cumplir un año. En realidad, no soy holguinero; lo único que hice en Holguín fue nacer en el hospital Lenin, en el que mi papá era médico.

Ella movió la cabeza, mirando al vacío.

—¿Quién me iba a decir que en mi pueblo habría un hospital con nombre de asesino? ¿Hay alguno dedicado a la Pedriatría?

—Creo que sí. ¿Por qué?

—Debería llamarse Herodes.

El muchacho asintió, desconcertado, y se acogió a un prudente silencio. Sus diecinueve años habían transcurrido en un ambiente de ateísmo militante y no tenía la menor idea de quién era Herodes. Ella lo sacó de su desconcierto con otra pregunta:

—¿Has estado en Holguín últimamente?

—Nunca estuve. Iba a ir, para un campeonato nacional juvenil, pero me lesioné a última hora.

—Holguín era lo mejor de Cuba cuando yo era joven —dijo ella con aire melancólico— Ahora... parece que lo mejor pasó a ser malo y lo malo se convirtió en peor. En cuanto a Báguanos, era un *batey* muy bonito. Pasé unos días allí, en casa de una amiga. Vivía en un barrio que le decían La Herradura. Era una herradura de verdad, rodeada de *bungalows*, con un enorme espacio de hierba en el medio y un *court* de tenis.

—Pues en ese *batey* nació mi papá. Era hijo de un estibador del ingenio. Allí empezó a jugar *basket*, en una cancha junto a lo que llamaban «la Casa de las Americanas».

—¿Qué americanas eran esas?

—Las de una misión metodista. En el *batey* sólo había dos canchas, pero en la otra, la del *club,* no podían jugar los que no eran socios, aunque él jugaba allí de vez en cuando con un amiguito blanco. Mi padre hablaba mucho de Báguanos y de su gente; de ese amigo, hijo de un colono; de *Miss* Cook, la americana que dirigía la misión; de Prima y Angelita, sus maestras de primaria; del tío Morgan, siempre de corbata y sombrero de pajilla; de una *guajira* a la que le decían *Ventolera*...

—¿*Ventolera*?— preguntó ella, riendo— ¿Por qué?

—Creo que por su manera de caminar. Báguanos le dejó buenos recuerdos. Parece que era un lugar muy agradable para un niño.

—¿Y de Holguín? ¿No te hablaba de Holguín?

—Mucho, sí. Para él, Holguín era el *basketball*. Allí empezó a ser estrella. ¿Sabe dónde está el Club Atlético?

—Mi casa estaba a media cuadra, por la calle Aricochea.

—Ahí jugaba él. Con Cucuso, con Miguelito *el Alcohólico,* con Tony *el Bandido.* ¿Los conoce?

—No —dijo ella, divertida— con esos nombres, si los hubiera conocido, los recordaría. Son de otra generación, supongo. Aunque a mí nunca me interesó el *basket*; el primer juego que vi fue estando ya en la Universidad.

Careta no lo hubiera hecho de haberlo pensado, pero no lo pensó; de la cartera sacó una foto cubierta de plástico y se la mostró. Era una escena de un juego de *basketball.* Un jugador saltaba paralelo al tablero. Estaba a gran altura, las piernas muy separadas, la mano derecha en alto mientras la bola iba hacia el aro. Parecía volar. Y era negro; muy negro. Ella contempló la foto y luego lo miró, tan desconcertada como antes lo había estado él ante la mención del rey de Judea.

—¿Tu padre?

—Sí.

Careta esperaba otra pregunta, pero la mujer permaneció en silencio. Contemplaba la fotografía.

—Una... una jugada muy linda.

Su confusión era evidente. Se levantó, fue hasta el refrigerador y se sirvió un vaso de agua.

—Linda jugada y linda foto; está en un sello de correos. Mi padre fue el mejor jugador de Cuba en su tiempo, mientras estuvo en la Universidad. Tardó nueve años en graduarse de Medicina porque el entrenador de la selección nacional no quería soltarlo.

—¿Y tú? —dijo ella regresando al sofá donde ambos se habían sentado— ¿Eres tan bueno como él?

Al ver como trataba de disimular su sorpresa ante la evidente disparidad entre padre e hijo, *Careta* comenzó a amar a aquella mujer de cincuenta y tantos años, más que suficientes para ser su madre. Sonrió levemente.

—No. Me falta estatura. Él es mucho más alto. No un gigante como algunos de la *NBA*, pero bastante alto para el *basket* de Cuba. Además, tenía un poder de salto increíble.

La diferencia de estatura era lo de menos. Sus padres habían tenido dos hijas con el color y las demás características que eran de esperar en las descendientes de un negro puro y una mulata con no menos de siete octavos de sangre blanca. Cuando él nació fue una catástrofe. Aquel ser de piel rosada, con la cabeza cubierta por una leve pelusa rubia, no podía ser hijo de semejante padre, y cuando abrió los ojos la situación se agravó: eran verdes; llegarían a ser intensamente verdes al cabo de pocos meses.

Inmerso en su pequeño mundo de recién nacido, no vivió la tragedia de desconfianza que desató su nacimiento; no supo de los llantos y juramentos de su madre ni de la furia de su padre. Escuchó varias veces la palabra «puta», pero para él era sólo un sonido más. Fue por él que se mudaron a La Habana, en lo que sería su primera fuga. Holguín era una ciudad demasiado pequeña para un negro que tenía un hijo rubio.

Luego, las cosas mejoraron: su pelo continuó siendo entre amarillo y dorado, pero se tornó crespo. *Careta*, a quien nadie llamaba así todavía, resultó ser un mulato rubio, un *jabao* en la jerga cubana. Su padre se tranquilizó todo lo que podía tranquilizarse, y cuando en la memoria del niño comenzaron a acumularse los recuerdos, la herida parecía cicatrizada. El médico basketbolista nunca abandonó del todo la idea de que su mujer le había sido infiel, pero, un año tras otro, ella pasaba todas las pruebas de vigilancia a las que él la sometía, el «*gardeo* a presión», como le llamaba Eddy Grant a su constante observar y desconfiar. Además, aquel niño que parecía blanco a no ser por el pelo era su único hijo varón y se empeñó, como tantos padres, en que siguiera sus pasos. Tenía siete años cuando comenzó a enseñarle el juego y a los doce, cuando ingresó en una escuela deportiva, el muchacho hacía con la pelota lo que ningún otro de esa edad podía hacer.

Antes llegó el desastre: ella escapó en la estampida de El Mariel. Escapó con el amante. Durante una década habían sido hábiles en extremo, astutos y prudentes como rara vez lo son las parejas adúlteras.

—Tu madre se fue —le dijo el hombrón.

Iba a decirle algo más. Iba a decirle cómo y con quién y por qué se había ido, pero el doctor Eduardo Grant no era una mala persona. Al menos, no con su familia, que en otros ámbitos tenía fama de fanático e intolerante. Y aquel niño, que ahora sabía con certeza que no había engendrado, era, a pesar de todo, su hijo.

—¿Se fue? ¿A dónde?

—Al norte.

—¿Qué es el norte?

—Al otro lado del mar.

—¿Y cuándo vuelve?

—Nunca. Los que se van para allá no vuelven.

Cuando llegó la primera carta de ella, su padre se la entregó.

—Es para ti.

Él la rompió, sin abrirla. La segunda ni siquiera llegó a tocarla.

—Carta para ti.

Movió la cabeza repetidas veces para expresar su rechazo y salió de la habitación. Nunca supo si llegaron otras.

La mujer, que ya tenía bajo control su propio desconcierto, no le preguntó por su madre.

—¿Por qué te pusieron ese nombre?

—Mi padre era un comunista que mordía.

—Tú no, por lo visto.

—Yo no. Aunque nací y me crié en aquello, y fui pionero-por-el-comunismo-seremos-como-el-Che y luego miembro de la UJC.

—¿La qué?

—La Unión de Jóvenes Comunistas. Me atiborraron de marxismo-leninismo, pero no lo digerí. A veces me pregunto de dónde me vino el rechazo. Quizás por lo que le vi hacer a la gente en el 80. Aquello fue tan terrible que hasta un niño se daba cuenta de lo terrible que era. Pero nunca discutí con mi papá. Nunca me gustó discutir y además, no valía la pena. Siempre nos llevamos bien, creo que por todas las horas que pasábamos jugando. Jugando *basket*, quiero decir. Bromeaba mucho conmigo. «*Jabaos,* ni los gallos son buenos», me decía cuando algo salía mal; pero puso mucho empeño en que yo llegara a ser un buen jugador y creo que lo consiguió. Después de la primaria no fui a otras escuelas que a las deportivas, la EIDE y la ESPA —adelantándose a su pregunta, aclaró: —Escuela de Iniciación Deportiva y Escuela Superior de Perfeccionamiento Atlético.

—¡Huy! ¡Esa última suena impresionante!

—En realidad lo era. Allí sólo iban los que destinaban al deporte como trabajo, los que no harían otra cosa hasta retirarse como deportistas.

—Algo así como profesionales sin paga.

—Algo así. Era la antesala de los equipos que viajaban al exterior. La paga eran los viajes. Y la comida: para nosotros no había libreta de racionamiento. Aunque me gusta comer bien, la comida era lo de menos para mí. Los viajes sí eran importantes.

—¿Viajaste mucho?

—Bastante. Estuve en la Unión Soviética, en Checoslovaquia y en Alemania; la Alemania comunista, por supuesto. En mi cuarto viaje «me quedé», como dicen en Cuba. Escapé sin tener que jugármela en el mar. Eso se lo debo a la ESPA; a la EIDE, el apodo de *Careta*. Me viene bien, ¿verdad?

Ella sonrió. El muchacho pensó que aquella era la Madre de las Sonrisas.

—Si te gusta, es que te viene bien. Me dijeron que te les escapaste en México.

—En Guadalajara. Tenía una amiga allí. Ella me ayudó a llegar a la frontera.

No le contaría su escapada. En ella había detalles que, sin saber por qué, no quería contarle a aquella elegante y dulce mujer. No quería hablar de Lana ni de su madre.

Cuando supo que el equipo nacional juvenil iría a jugar a Guadalajara recordó inmediatamente a Lana. Era una especie de ninfómana a la que habían expulsado sucesivamente de las escuelas de *Ballet* y de Danza Moderna. Como él, cargaba con un nombre ruso, Svetlana. Como él, era hija de alguien importante, aunque la importancia era de distinta índole y, sobre todo, de distinto nivel. El padre de Svetlana, de Lana, era un alto funcionario del Ministerio de Comercio Exterior que se pasaba la vida viajando por el mundo, fuertemente armado de billetes americanos.

Había sido su primera mujer, algo que ella nunca supo, y mantuvieron una relación intermitente en los tiempos en que Lana era *jinetera,* la nueva especie de prostituta generada por la revolución y dedicada a los extranjeros. La dedicación no era solamente por los dólares; todas ellas tenían en mente convertirse, más que en el objeto sexual de un extraño, en el objeto amado, y que el amor las llevara de la mano al matrimonio y a la emigración sin riesgos ni humillaciones.

—Se trata de que el que se acueste conmigo crea que ha encontrado algo especial —le había dicho Lana.

Poco le costaba ser especial; estaba sumamente dotada para el sexo y la simulación. Por eso a *Careta* no le extrañó que terminara enloqueciendo a un empresario mexicano que tenía negocios con el gobierno. El hombre se casó y, tras algunos viajes y gestiones, se la llevó con él a Guadalajara. Durante el tiempo de espera Lana dejó de ejercer su oficio, pero no ejerció la castidad. *Careta* estuvo entre los beneficiarios más o menos estables, junto con un psiquiatra recién salido de la prisión, a quien ella celaba con delirio, celos que no le impedían acostarse con otros.

Lana era apenas dos años mayor que él, pero con más horas de vuelo que Buck Rogers. Cuando ella lo invitó, junto con el psiquiatra, a una casa que su madre tenía en Guanabo, decidió que la compañía de un ex preso político era algo que no le convenía; pero conservó la dirección y el número de teléfono. Al anunciarse el viaje a México decidió llamar a la madre y pedirle el de la muchacha. Quizás Lana pudiera ayudarlo a llegar a su meta, que estaba en algún lugar para él impreciso, a unos mil kilómetros al norte de Guadalajara.

—Claro que he oído hablar de ti. Uno de los amorcitos de Lana. El jugador de *volleyball*.

Él no se tomó el trabajo de corregirla.

—El domingo pienso ir a la playa. Me gustaría pasar a saludarla.

—Ven el domingo si quieres, pero si vienes el sábado sería mejor —dijo ella.

Sin haberla visto, sabía que era una mujer muy hermosa. En su único encuentro con el psiquiatra, que estaba con Lana en el Café O'Reilly de la Habana Vieja cuando *Careta* entró allí por casualidad, el hombre había hecho un comentario muy definitorio, al parecer, para mortificar a su amante.

—¡Cinco partos! Cinco partos y tiene las tetas más insolentes que yo haya visto nunca. ¡Y mira que yo he visto tetas!

El comentario le costó una patada por debajo de la mesa que lo alcanzó en un tobillo y pareció dolerle bastante.

«Si vienes el sábado sería mejor». Fue mejor. Ella estaba sola y lo recibió con la efusividad que hubiese sido natural de haber estado dirigida a un yerno. Aunque en verdad había parido cinco veces y ya pasaba de los 40, al joven de 19 años le pareció una mujer espléndida, más hermosa que su hija, a quien no le faltaba hermosura. Como muchas personas que viven en las playas, la trusa era su vestido de andar por casa, y eso hizo fácil la comparación. Un detalle lo fascinó: en lo más alto de los muslos, unos profusos vellos emergían de la trusa negra. Ella notó su fascinación y no perdió tiempo:

—¿Te gustan mis pelitos?

Antes que él tuviera tiempo de contestar la singular pregunta, la mujer hizo descender los tirantes de la trusa, se inclinó hacia delante y, con un solo movimiento, la bajó hasta las rodillas.

—Ahí los tienes todos.

Al rato, cuando *Careta* pudo decirle el objeto de su visita, la madre de Lana preguntó:

—¿Para qué quieres verla?

—Bueno... somos amigos —dijo él sorprendido. Su sorpresa estaba destinada a aumentar.

—Si esto es lo que buscas, —dijo ella, tomándole una mano y colocándola en la unión de sus muslos —aquí tienes uno que no te causará problemas. Ten cuidado con Lana.

—¿Por qué? Siempre nos llevamos bien. Lana tiene su carácter, pero nunca chocamos.

—No chocaron porque tú no le interesabas. Lo único que quería de ti es lo que me acabas de dar. Oye bien lo que te digo y recuerda que soy su madre: es mala. Yo necesito templar; ella necesita putear. Y cuando digo que es mala no quiero decir que sea puta, y lo es tanto como su tocaya Lana Turner. Quiero decir mala persona; en eso salió al padre. Si quieres su teléfono, te lo daré. Pero te repito: ten cuidado con ella.

Él buscó un tema de conversación.

—¿Le va bien con el mexicano?

—¡Qué le va a ir bien! A Lana no le va bien con nadie. Ese mexicano es un tesoro, pero ella no le da valor alguno. Aquí le pegó tarros a diestra y siniestra y allá seguro que sigue en lo mismo. «El indio», le decía. Es tan indio como Jorge Negrete.

—Quizás..., bueno, quizás no le dé gusto —dijo *Careta*, insistiendo en la defensa de alguien que era su esperanza de escape.

—¿Quién sabe? Lo que yo sé es que ella necesita putear. La sensación que le da la putería no puede dársela el marido. Lana necesita el engaño, necesita hacer lo que no debe. Además, es una fiera. No sé si conociste a un médico chiquitico con quien ella andaba, uno que estuvo preso un montón de años.

—Me los encontré una vez en la Habana Vieja —dijo él, sonriendo al recuerdo; ella notó algo en su sonrisa.

—¿Cuál es la gracia?

—Bueno..., parecía tener muy buena opinión de usted.

La mujer se echó a reír.

—¡Siii! Muy buena. Sobre todo de esto que puedes ver; él no lo vio, pero seguro que lo calculó muy bien. ¡Qué hombrecito tan resbaloso! Bueno, pues lo trajo a pasar un fin de semana, y estando el tipo aquí a Lana se le antojó acostarse con uno de la Seguridad, de los que controlan la playa. Se fue a «pasarle la cuenta», como decía ella, y cuando regresó se encontró al mediquito, que era de encargo, una fiera con las mujeres, *sateando* con una vecina. Le entró a galletas, lo arañó, le dijo «vieja peluquera». Y venía de acostarse con otro.

—¿Vieja peluquera?

—Él pasaba de los cincuenta y se pintaba el pelo. ¡Si la hubieras visto! Hecha una furia celosa, como si aquél fuera el hombre de su vida.

La mujer interrumpió su diatriba para encender un cigarro. Pero aún tenía cosas que decir.

—Hasta brujera me salió esa muchacha.

—¿Brujera?—acertó a preguntar él.

—Brujera y media —de pronto, un recuerdo provocó su risa. —Andaba con un collar de Yemayá, de cuentas azules y blancas, y un día se le cayó en el inodoro y se fue por el hueco. Yo creía que le iba a dar algo. Gritó, pateó el suelo. Cuando le dije que no era para tanto me contestó que Yemayá era su madre. Lástima que no lo fuera de verdad; yo se la hubiera regalado. Y a ti te regalo un consejo: no te acerques a ella.

Careta estaba alarmado ante aquella exhibición de rencor maternal. No conocía a nadie más en Guadalajara y Lana sabría, sin duda, cómo encaminarlo hacia la frontera. Si le fallaba, tendría que esperar la próxima oportunidad, y nunca se sabe cuando se van a acabar las oportunidades.

—De todos modos quisiera verla, señora.

—¡No me digas señora! Acabas de salir, ahorita vas a volver a entrar, ¿y me dices señora? Tú sabes que me llamo Rosa. Pero no te preocupes; te daré el teléfono y la dirección de esa perica. Sólo quería advertirte que tuvieras cuidado con ella —lo acarició— Ven.

Esa noche y las que siguieron, durante dos semanas, se quedó a dormir en la casa de Guanabo. Era maravilloso, pero a comienzos de la segunda semana su rendimiento en el tabloncillo había mermado de tal manera que provocó primero la preocupación y luego la ira del entrenador.

—¿En qué andas tú? ¡Casi no puedes con la pelota! Óyeme lo que te voy a decir, *Careta*: en esas condiciones no te llevo. Me caes muy bien, tu padre es mi socio y mucho que sudamos juntos en la cancha, pero si no levantas presión, no te llevo.

El entrenador hizo algo más que regañarlo: llamó a su padre.

—¿Pasa algo con el muchacho? —preguntó Eddy Grant, alarmado por el tono de voz de su antiguo compañero de andanzas deportivas.

—Eddy, tienes que hablar con tu hijo. Estaba de lo más bien cuando de pronto empezó a *cancanear* como un *fotingo* de los años 20'. Ordené que le hicieran un chequeo médico, pero no tiene nada. La única explicación es que está enredado con alguna mujer que lo trae loco. Habla con él, por favor. Lo necesito para el viaje a México.

Eddy Grant habló. ¡Vaya si habló!

—¡A ver si te dejas de comer de lo que pica el pollo! —concluyó, furioso— ¡No quiero oír una queja más del Tama!

El viernes por la noche, cuando le habló a Rosa del asunto, ella reaccionó de una manera que hizo que el gusto por la hembra magnífica se mezclara con el afecto a la persona.

—El domingo te vas temprano y no vuelves hasta el fin de semana. Me gusta mucho tenerte aquí, pero ese viaje a México podría cambiarte la vida. No se puede tener todo al mismo tiempo.

—¿Por qué va a cambiarme la vida? —preguntó él, azorado; nada le había dicho sobre sus intenciones de escapar.

Ella se echó a reír.

—¡Ay, muchachito! No pareces darte cuenta de lo transparente que eres.

Faltaban dos semanas. Le bastaron para recuperar la buena opinión del entrenador. La noche antes de partir fue como para no olvidarla.

—Suerte, niño —le dijo ella— y recuerda: mucho ojo con esa hija mía. No es como yo.

En la primera oportunidad que tuvo la llamó.

—¿Bueno?

Parecía su voz, pero el acento era totalmente extraño.

—Con Lana, por favor.

Hubo una pausa.

—¿Con quién hablo?

Era su voz, sin duda.

¿Lana?

—Sí.

—Soy yo. *Careta.*

—¡*Careta*! ¿Dónde estás?

En Guadalajara. Vine a jugar contra la Universidad de aquí —cortó el preámbulo: —Quiero irme, Lana. ¿Me puedes ayudar?

—¿Irte a dónde?

—A la *Yuma.* ¿Puedes ayudarme llegar a Miami, o por lo menos a la frontera?

La pausa fue breve, pero a él le pareció interminable.

—Llámame mañana a las doce.

—No sé... No sé si pueda.

—Bien, cuando puedas, llámame, pero que sea a las doce. Apunta mi dirección.

—Ya la tengo.

—¿Cómo que ya la tienes?

—Me la dio tu mamá.

—Perfecto. Recuerda: a las doce. ¿Sale?

Esa noche jugaron contra la universidad local. Ganaron. Impulsado por una vaga esperanza, *Careta* jugó el mejor partido de su vida, sin imaginar siquiera que sería el último. «El armador Malinowski Grant fue el factor que desniveló el juego a favor de los cubanos», decía al pie de la foto que ilustraba uno de sus momentos brillantes, publicada en el periódico principal de la ciudad. Leía la crónica por tercera o cuarta vez cuando les dieron permiso para ir a comprar baratijas. Desde la tienda la llamó.

—Te vi anoche en la tele. Estuviste padre. ¿Puedes venir ahora?

—Sí.

 Pues ven. Le diré a la gata que tiene la tarde libre.

—¿Qué gata?

—Olvídalo. Ven. Te espero.

Para su sorpresa, Guadalajara resultó ser tan grande como La Habana. Más grande, quizás. Había comprado un mapa de la ciudad y ubicado la casa de su antigua amiga. Se escabulló y gastó parte de sus escasos dólares en un taxi. Era quemar las naves, como hizo otro personaje llegado, como él, de Cuba: nada podría explicar su desaparición de la tienda; si Lana le fallaba, tendría que irse a pie hasta la frontera. Al llegar, aunque sabía que el marido era hombre de dinero, quedó sorprendido con la mansión en que vivía la antigua *jinetera*.

—Es aquí, joven.

—Tremendo *gao* —pensó *Careta* en voz alta.

—¿Mande?

—No, nada. ¿Está seguro de que es aquí?

—Mire no más el número, mi *jovenazo*. Fue el que usted me dio.

Era el número. Lana en persona acudió a abrir la puerta.

—¡*Careta*!

Lo abrazó, lo besó en la boca. Su relación había sido tranquila, como la de dos jóvenes animales que se juntan, pero, aun así, a él le extrañó la alegría que ella demostraba. Tuvo poco tiempo para sentirse extrañado. Ella vestía una elegante bata de raso, que en un instante fue a dar al suelo. Debajo no había nada. Es decir, nada de ropa. Ella se tendió en el suelo sobre algo que parecía una piel de oso polar y dijo el mismo monosílabo que *Careta* le había escuchado a la madre:

—Ven.

Cuando Lana decidió que, por el momento, no necesitaba nada más, preguntó:

—¿Cómo es eso de que quieres irte al otro lado?

Careta contempló el techo de madera barnizada. No dejaba de sorprenderle el lujo de aquella casa.

—Aquello ya no da más, sobre todo ahora que se acabó el dinero de los «bolos». Tampoco va a cambiar. Quiero decir... no va a mejorar. Si cambia, será para ponerse peor. Debe haber otra manera de vivir y yo quiero buscarla. No tiene que ser como ésta —agregó con un gesto, señalando a lo que le rodeaba—. Pero tampoco aquella miseria de un año sí y otro también, aquel constante miedo a hacer algo que les parezca mal. Eso es lo peor: el miedo a *escacharte*, a que te «truenen» por cualquier cosa.

—Tú estás bien protegido —dijo ella—Tu padre es jerarca.

—El tuyo también, más que el mío, y ya ves: te botaron de dos escuelas. Lo mismo puede pasarme a mí. Y aunque nunca me pasara. Siempre estaría esperando el batacazo. Así es la vida allá, y tú lo sabes.

—Sí, yo lo sé. Y ya que hablamos de saber: ¿sabes conducir?

—¿Conducir qué?

—Manejar.

—Ah. Sí.

—Bien. Entonces nos vamos juntos a la frontera. En el *garage* hay un Bronco del año. Tu conducirás o manejaras o como lo quieras llamar.

—Y tú, ¿no sabes manejar?

—¡Qué voy a saber! Ese cabrón nunca quiso que aprendiera. Si supiera manejar hace rato que me hubiera largado, pero de aquí a la frontera es muy lejos para irse de otra manera. Cuando me echara de menos me soltaría los perros. Hay que llegar rápido, para que no tenga tiempo de reaccionar. Por eso me vienes bien; yo te ayudo y tú manejas. ¿Te conviene? A ver, una sonrisita de careta de carnaval. ¡Eso!

Él dejó de sonreír; aunque se sentía absolutamente feliz, la curiosidad era muy fuerte.

—¿Por qué te quieres ir? Yo sabía que vivías bien, pero esto... —dijo mirando a su alrededor— bueno, esto no me lo esperaba.

—«Esto» es una cárcel. De lujo, pero cárcel. Como dice una canción de ellos: «Aunque la jaula sea de oro, no deja de ser prisión».

Careta quedó en silencio unos instantes. Luego dijo:

—La recuerdo. A mi padre le gustaba.

—A los *guajiros* y a la gente de los pueblos siempre les gustaron las rancheras.

Él se puso de pie y fue hacia una pequeña mesa, adornada con una foto del matrimonio.

—Parece buena gente. Tu mamá me habló muy bien de él.

—Se lo regalo —Lana se puso de pie y se dirigió a una habitación. —Ven. Vamos a hacer planes.

Careta recogió su ropa y se vistió rápidamente. Ella seguía desnuda. La habitación era una biblioteca. Lana se subió en una escalerilla portátil y tomó un libro que estaba en el anaquel más alto, un libro largo y ancho, pero de poco volumen. Era un Atlas. Lo colocó sobre el amplio buró que presidía la biblioteca y lo ojeó hasta encontrar la página que buscaba.

—Mira: tenemos dos caminos; el más recto y largo, por la costa hasta Tijuana, y el más corto, hasta Nuevo Laredo. Más corto, pero con montañas; tendríamos que ir a menos velocidad. ¿Tú qué crees?

Estudió el mapa. La ruta costera, a través de Nayarit, Sinaloa y Sonora era el doble de la otra, aunque casi toda corría por terreno llano. La de Nuevo Laredo atravesaba Aguascalientes, San Luis Potosí y Nuevo León. *Careta* notó que si se dirigían a Tamaulipas en vez de a Nuevo León, el terreno montañoso era menor; además, Matamoros era la ciudad fronteriza más cercana a Guadalajara. Movió un dedo sobre el mapa hasta tocar el punto donde estaba señalada con un pequeño círculo.

—Yo me iría por aquí. No podremos correr mucho, pero aún así. Es más cerca que Nuevo Laredo y menos de la mitad que la ruta por la costa.

Lana estudió el mapa. Sí. Él tenía razón. Además, Matamoros era un lugar de menos cruce de gente. Su marido pensaría antes en Tijuana, en Ciudad Juárez, en Nuevo Laredo, antes de recordar que Matamoros existía.

—Por Matamoros, pues —devolvió el libro a su lugar.

Luego tomó a careta de la mano. —Ven. Vamos a retozar un poquito más.

Subieron al piso de arriba y entraron en un cuarto. La cama era de tipo antiguo, cubierta por un edredón que llegaba al suelo. Ella lo levantó por un extremo.

—Vas a pasar la noche aquí, debajo de la cama. Te traeré una almohada, una cobija para taparte y otra para que te sirva de colchón. Él nunca viene a este cuarto, pero tienes que estar más tranquilo que Estate Quieto. Ni el menor ruido. Tendrás agua, comida y un recipiente para que hagas pipi. Por la mañana, cuando se vaya, arrancamos. ¿Sale?

Él asintió. Entonces ella se tendió en la cama.

—Vamos para una segunda vuelta. Rapidito, que tengo que salir.

—¿A dónde vas?

—A buscar un mapa de carreteras.

No tardó en regresar. Preparó una copiosa cena a base de bistecs y puré de papas. Mientras esperaban que la carne estuviese lista, examinaron minuciosamente el mapa y confirmaron que la escogida por *Careta* era la mejor ruta. Luego que cenaron, una cena temprana, a las cinco de la tarde, lo llevó al cuarto y lo instaló con todo lo necesario para pasar la noche.

—Prepárate, que vas a pasar aquí por lo menos catorce horas. Te traje una linterna para que sigas estudiando el mapa —de pronto, en su rostro apareció una expresión de alarma. —¿Roncas?

—No —dijo él. —Bueno, no que yo sepa.

—De todos modos, trata de dormir de lado. Entre este cuarto y el nuestro hay dos puertas y una buena distancia. Al indio voy a darle tratamiento para que duerma como un tronco. Me voy; ya debe estar al llegar.

«Es tan indio como Jorge Negrete», había dicho Rosa. Por la foto, parecía tener razón. Los jugadores a los que se había enfrentado la noche anterior tampoco tenían aspecto de indígenas.

Los ruidos de la llegada lo sacaron de sus meditaciones. *Careta* quedó completamente inmóvil. Recordó las películas japonesas sobre *ninjas*, tan vistas en Cuba. El agotamiento producto de la tensión y las faenas sexuales ejecutadas por Lana sobre él le provocaron una laxitud que muy bien le vino.

Horas después, ya de noche, otros ruidos se hicieron oír. Ella gritaba. Tras un rato de silencio, los gritos se reanudaron. *Careta* sabía que su práctica como *jinetera* la había entrenado para el fingimiento; pero, sin saber por qué, pensó que aquel entusiasmo no era fingido. Cuando los gritos cesaron, trató de dormir. Le esperaba una jornada mucho más dura que un juego de *basketball*.

Al despertar, aún era de noche. Estiró brazos y piernas y se dispuso a esperar. Para matar el tiempo, encendió la pequeña linterna y estudió, una vez más, la ruta de huída. Aguascalientes, San Luis Potosí, Tula, Ciudad Victoria, Matamoros; ya sabía de memoria aquellos nombres, hasta ayer extraños para él.

Sintió el sonido de un motor de ocho cilindros al arrancar, pero no se movió. Momentos después se abrió la puerta del cuarto.

—*Váaa-monós* —dijo alegremente la muchacha, imitando el grito de los ferroviarios mexicanos al anunciar la partida de los trenes.

Antes de media hora partieron. Lana conocía bien la ciudad y lo guió directamente a la salida. Cuando tomaron carretera él habló por primera vez:

—Parece que la pasaste en grande anoche.

—Él la pasó en grande —dijo ella, acompañando la afirmación con una carcajada. —En su *canija* vida se va a olvidar de mi.

—Tú también te llevaste tu parte, parece.

—¡No, *hombré*! ¡Con esa *pichita* que tiene!

—¿Chiquita?

Lana extendió el pulgar y el índice de su mano derecha separados por un breve espacio.

—Así—dijo. —Una *pichita* de chino.

—De chino, ¿eh? ¿No será de negro?

«Mi padre es negro y mi madre se le fue con otro que negro no era», pensó con cierta amargura.

—¿No me crees? —dijo ella con un asomo de furia.

—No sé si creerte. Mi padre me dijo una vez... Deja ver si me acuerdo. Era más o menos así: la mujer infiel siempre dice que su marido la tiene chiquita; aunque le llegue a la rodilla.

—Tu padre hablaba mucha mierda —dijo Lana, ya decididamente furiosa.

Él se acogió a un prudente silencio.

Durante gran parte del trayecto, el viaje transcurrió sin contratiempos.

Magueyales.

—De ahí se saca el tequila. ¿Te gusta el tequila? A mí no.

Pastizales.

—¡Mira! Toros bravos. Para las corridas. ¿Nunca has visto una corrida? Eso sí me gusta. Lo único que siento en que no he tenido oportunidad de pasarle la cuenta a un torero.

Desiertos.

—Esos cactus son tunas. Tienen una fruta que se come. Bueno, se la comen ellos. A mí dame un mango *biscochuelo*.

Bonitas le parecieron las ciudades a *Careta*. Bonitos también los pueblos, aunque aquellas imágenes fugaces durarían poco en su mente, concentrada en lograr la máxima velocidad sin buscarse problemas. Sólo uno tuvieron.

—Su licencia, por favor, joven.

Lana resolvió la situación en un santiamén.

—*Órale*, mi capitán. No hay que ser —dijo, sonriendo seductora al motociclista de chaqueta color tamarindo mientras le alargaba un billete de diez dólares.

—*Pos* a ver si vamos más despacio, ¿no? —dijo el policía tomando el billete.

—La «mordida» —dijo Lana cuando se alejaron. —Una institución nacional.

Fueron doce horas de carretera, con paradas sólo para lo absolutamente necesario. Todo iba bien hasta que cruzaron la línea divisoria entre San Luis Potosí y Tamaulipas.

—Este coche está padre —dijo ella— Vamos a hacer una parada en San Antonio para dormir y lo otro, y a más tardar pasado mañana estamos en Miami.

—¿Quieres llevarte el carro? ¿A la *Yuma*? No me gusta la idea.

Lana se volvió hacia él, furiosa.

—¿Y a mí qué me importa si te gusta o no? El coche es mío.

—No es tuyo —dijo *Careta*— Es de él.

—Pues me lo debe, por todas las que me ha hecho pasar.

Corrían por una zona llena de curvas. *Careta* tuvo que hacer un esfuerzo para no mirarla. Pero no pudo contener su irritación.

—¿Las que te ha hecho pasar? ¿Cuáles? Vivías como rica; como una reina.

—¡Reina, mangos! ¡No ha hecho más que celarme y vigilarme y joderme la vida! Una vez hasta me quiso matar, ese cabrón indio.

—No tiene cara de matón. Ni de indio.

—Pues me quiso matar. Me llevó a un lugar donde hay un precipicio y le dijo a los *guaruras* que iban con él que me tiraran.

Careta no sabía lo que era un *guarura* ni tenía ganas de averiguarlo.

—Parece que no te tiraron —dijo con sorna.—¿O es que aprendiste a volar?

Lo voz de Lana era pura rabia cuando contestó.

—No, no me tiraron, negro de mierda. ¿De qué te ríes? ¿O tú te crees que eres blanco? No me tiraron. Lloré, supliqué, le dije «tú sabes que yo te quiero, que soy tu vieja». Le dije «no, papi», «no, papacito», «no, mi chino». Y se le aflojaron las patas. Se derrite cuando le digo papi, papacito, mi chino. Se derritió entonces y aquí estoy, pero ese mismo día me dije: «Me voy *p'al* carajo. Que se meta su dinero y su casa por el culo». Y tú no me *chingues* mucho, que si te escapas de los comunistas es por mí. ¿Oíste, *jabao*?

Él tardó en contestar. Cuando lo hizo, las cosas empeoraron.

—¡Cuantos tarros le habrás pegado a ese pobre hombre para que quisiera matarte!

Lo que siguió marcó la ruptura definitiva entre los jóvenes amantes.

—¿Tarros? ¿Tú me hablas de tarros? ¡Hijo de un tarro eres tú! Una vez me dijiste que tu madre estaba muerta. Pues muerta o viva, se los pegó a tu padre. ¿O tú crees que la gente es tan *pendeja* como para creer que un negro prieto como Eddy Grant pueda tener un hijo que es casi blanco?

«No te acerques a ella»: *Careta* recordó las palabras de Rosa mientras buscaba un lugar adecuado para lo que había decidido hacer.

—¿Casi blanco? Ahorita me dijiste «negro de mierda».

—Blanco no eres. Blanco debe haber sido el que se *chingó* a tu madre y le hizo un hijo macho.

Lo encontró; una estrecha senda partía de la carretera y se adentraba en el chaparral. *Careta* hizo un giro brusco y penetró en ella.

—¿A dónde vas ahora, cabrón?

Avanzó unos cuantos metros, detuvo el vehículo y se apeó. Fue hasta la puerta del pasajero, la abrió y, tomándola por un brazo, la sacó de un tirón. Antes que ella dijera una palabra la abofeteó. «A las niñas no se les pega. Pegarle a las niñas no es de varón», resonó en su memoria la voz de Eddy Grant. Demasiado tarde.

¿Antes que ella dijera una palabra? No diría una sola en un buen rato. Se abalanzó contra él en silencio, lanzando un golpe tras otro, con los puños, con los pies. El atleta de diecinueve años los detenía, los esquivaba, y volvía a pegarle, aunque no lo bastante fuerte como para lastimarla; eran golpes destinados a intimidarla, a hacerle comprender que nada podía contra él. No comprendió, no se intimidó; una y otra vez, después de cada golpe, volvía a la carga.

Careta sintió miedo. No había sido un muchacho peleador, pero, como casi todos los que están dotados de fuerza física, nunca rehuía las peleas, y su larga práctica de un deporte en el que abundaban los encontronazos, en competencia con otros más altos y de mayor peso, lo había acostumbrado a la violencia. Pero nunca se había enfrentado a alguien como Lana, que, sin decir una palabra, atacaba y atacaba, fijando en los suyos unos ojos feroces, crueles, unos ojos como jamás viera él en su corta vida. Una vez más recordó las palabras de advertencia escuchadas en la casa de Guanabo: «Es mala.»

Hecho a las tensiones de los partidos, logró controlar aquel extraño temor ante un ser mucho más débil. Agarrándola de un brazo tras un fallido golpe, la hizo caer rodando al piso. Ella tomó una piedra e intentó ponerse de pie; antes de que lo lograra, *Careta* apresó su muñeca. Entonces Lana le clavó los dientes en la mano. El dolor disipó el miedo e hizo renacer la furia: le pegó un golpe en la nuca con el canto de la mano libre. Ella cayó de bruces, agotada y casi inconsciente por el efecto del golpe. *Careta* aguardó, con la esperanza de que ya hubiese tenido suficiente,

Esperanza vana; tan pronto pudo tenerse en pie se lanzó de nuevo contra él. Exasperado, la agarró por el cuello y un brazo y la sacudió una y otra vez. Luego la lanzó al suelo y quedó acaballado sobre ella, manteniéndole los brazos en cruz. Lana le escupió el rostro, una y otra vez, hasta que ya no tuvo saliva con que escupir.

—Atiéndeme —dijo él. —No podemos pasarnos el día en esto. Tenemos que seguir, que se nos acaba el tiempo. Si no te tranquilizas, tendré que *noquearte* y dejarte tirada en este *manigual*. Con el carro no te puedes quedar porque tu marido te acusaría de robarlo. Nos acusaría. Por favor, tranquilízate y no jodas más, ¿eh? Vamos a olvidar esto. Vamos a seguir y a llegar y a cruzar la frontera, y después alquilamos un cuarto en un hotel y volvemos a revolcarnos, pero sin golpes. ¿Sí?

—Suéltame —dijo Lana.

—¿Te vas a estar tranquila a ver sin podemos seguir de una puñetera vez?

—Suéltame.

Con un solo movimiento le dejó libres los brazos y se echó a rodar hacia un lado. Un instante después estaba de pie. Ella se levantó y fue hacia el carro. De una mochila que estaba en el asiento trasero sacó un *jean* y una camisa de polo. Se quitó la ropa que llevaba puesta, estrujada y sucia de polvo. Semidesnuda, se volvió hacia él.

—Aquí tú no entras más —dijo, llevando la mano a la entrepierna.

Él asintió. En ese momento pensó que entrar en aquel lugar era peligroso.

—Vístete, anda.

Dejaron el Bronco en un *garage* cerca del puente fronterizo que cruzaba el río Grande uniendo a Matamoros con la pequeña ciudad texana de Brownsville. *Careta* anotó el nombre del dueño, la dirección y el número de teléfono. Antes de cruzar, llamó a Guadalajara.

—¡Bueno!—dijo una voz tensa.

—¿Señor Barreda?

—Si. ¿Quién es?

—Su Bronco está en Matamoros, en el *garage* de Martínez e Hijos, calle Fray Servando número 117. ¿Quiere el teléfono?

—¡Qué teléfono ni qué ojo de hacha! ¿Dónde está Lana y quién es usted?

—*Garage* de Martínez e Hijos, señor Barreda.

—¡Le pregunté dónde está Lana, cabronazo!

Careta pensó lo que iba a decir. Luego, lo dijo:

—Usted es un hombre de suerte. Lana no va a volver.

—Se fue con usted, ¿verdad? Pues óigame lo que le voy a decir, hijo de su *chingada* madre: yo tengo dinero; mucho dinero. Lo voy a buscar y lo voy a encontrar, y cuando lo encuentre lo voy a capar, *pinche* buey. Voy a hacer que le corten los *güevos*, desgraciado. Téngalo por seguro.

—Antes de que me cape quizás se dé cuenta de que le he hecho el favor más grande de su vida. Esa muchacha es muy mala. No se merece a alguien como usted.

La sorpresa hizo enmudecer momentáneamente al furioso y atormentado empresario de Guadalajara. Cuando se dispuso a hablar de nuevo se dio cuenta de que el otro había cortado la comunicación.

—Tan pronto crucé la frontera me presenté en la oficina de «la Migra», como le dicen aquí...

—Algunos le dicen «la Migraña»—dijo ella —Parece que son un dolor de cabeza.

—Yo tuve suerte con ellos. Me mandaron a Port Isabel, un lugar que está a unos pocos kilómetros de Brownsville. Allí se aparecieron dos cubanos que habían sido de los Derechos Humanos en Cuba y ahora son profesores en una universidad cerca de Houston. Ellos me encarrilaron hacia Miami. Y aquí estoy. Me dijeron que tratara de verla; que usted ha ayudado a muchos; que quizás pudiera ayudarme.

—Por lo pronto, te puedes quedar a vivir aquí, y con eso ya tienes casa, comida y ropa limpia. Pero tú, ¿qué quieres hacer? ¿Te gustaría estudiar?

Él la miró a los ojos.

—Estudiar es algo que nunca me ha gustado, señora.

A ella le agradó su simple franqueza,

—Sofía. Me llamo Sofía.

—No me gusta estudiar, señora Sofía. Si llegué al Instituto Superior fue porque jugaba bien y por que mi padre me empujó. Ya no era estrella en el *basket*, pero sí «pincho» en el gobierno, en el Ministerio de Salud Pública.

—¿Pincho? ¿Qué es eso?

—Jefe, dirigente, jerarca. Él fue mejor jugador y mejor estudiante que yo.

—Podrías conseguir una beca deportiva. Te pagan los estudios si juegas para una universidad.

Careta sonrió.

—Me pareció entender que el *basket* nunca le interesó. Entendí bien, ¿verdad?

Ella sonrió a su vez. A él le pareció que había algo de tristeza en aquella sonrisa.

—Sí. En realidad, si de deportes se trata, sólo sé algo de béisbol, y más por lo que me contaron que por lo que vi.

—Por eso habla de becas. A mi padre le dieron una en la Universidad de Alabama, pero yo no puedo aspirar a nada parecido.

—¿Así que jugo aquí? ¿Y con una universidad del Sur? Debe haber sido realmente bueno.

—Muy bueno era, pero poco duró de becario. Hubo un incendio en su dormitorio, él lo tomó como un aviso y regresó a Cuba. En aquella época a los negros los llevaban muy recio por estos barrios.

—Eso ha cambiado. Y a ti ni falta que te hace el cambio porque pareces blanco. Si él pudo, ¿por qué no tú? No seas pesimista. Yo podría gestionarte la beca en Puerto Rico.

Careta hizo un gesto de negación no exento de melancolía.

—Con mi estatura, hay que ser un fenómeno para llegar a la *NBA*. ¿De qué me serviría jugar con una universidad?

—Francamente, no me pareces tan bajito. Eres más o menos como Jacobo, y él...

No terminó la frase. En su cara apareció un gesto de profundo pesar. Tan profundo, que *Careta* tuvo la certeza de que el hombre cuyo recuerdo provocaba tal pesadumbre, estaba muerto. Comprendió que debía decir algo, que el silencio no le haría bien a ella.

Cuando aquel muchacho, que era demasiado blanco para ser su hijo, pero al que amaba como si lo fuera, llegó a una edad en que todo crecimiento ulterior era imposible, Eddy Grant tuvo un último momento de rabia y tristeza con el recuerdo de la infiel fugitiva.

—Se va a quedar en 5,9 —dijo.

—En 1,75 —replicó Tamakún.

Era su amigó más cercano y el jugador con el que se había sentido más a gusto, con el que formara la yunta más eficaz del *basketball* cubano de los años 60'. Siempre juntos: él de *small foward* y Tamakún de *point guard*, con los Caribes de la Universidad y la Selección. Ahora el Tama dirigía el equipo nacional juvenil y adoptado como cosa propia el sistema métrico decimal.

—Da lo mismo. Demasiado bajito.

—No lo creo. Es rápido, tiene muy buen manejo de bola y tremendo aro. ¿Te acuerdas de Davis Peralta, el panameño? ¿Te acuerdas de la guerra que dio aquí? No era más alto que tu hijo, pero Miguelito Calderón apenas podía *gardearlo*. Y tú sabes que Miguelito no era poca cosa.

Eddy Grant no le prestaba atención a las razones de su amigo. En ese momento no pensaba en el *basketball*.

—Demasiado bajito —insistió, ensimismado.

La madre era bastante alta. El blanco sin nombre ni rostro que había penetrado en lo que fuera su Territorio Sagrado era, sin duda, un hombre de baja estatura.

—Aquí, en la sala de esta casa, no soy bajito —dijo *Careta.* —En la calle tampoco. En una cancha de *basket* sí. Sobre todo en una cancha americana.

—Entonces, ¿qué quieres hacer?—preguntó ella, reponiéndose de aquel golpe de recuerdos.

—Buscar un trabajo que me guste. ¿Sabe uno que me gustaría? Chofer de rastra.

—Supongo que no cualquiera maneja una rastra.

—No. Pero puedo aprender lo que haga falta saber. Debe ser lindo andar por ahí, de un lado para otro, en un país tan grande. Y se debe ganar buen dinero.

—Está bien —dijo ella. —Pero quiero sugerirte algo: primero aprende inglés. Puedo pagarte los cursos.

Sintió un súbito impulso de abrazarla. De pronto, se sintió acompañado. En aquel país adonde acababa de llegar, donde no tenía amigos ni parientes, se sintió acompañado.

—Si, señora. Gracias.

—Sofía —dijo ella.

—Si, señora Sofía.

Careta descubriría enseguida lo barata que era la vida en el país más rico del mundo. Lo único realmente caro era la vivienda, y esa la tenía resuelta sin pagar por ella. En el refrigerador de aquella bonita casa de la Pequeña Habana, destinada por su dueña a albergue de recién llegados sin recursos, siempre había comida, y pronto aprendió a manejar la lavadora y la secadora.

Su primer empleo fue como camarero en un salón de fiestas, de los llamados *banquet hall*. Debía cargar con una enorme bandeja en la que se acomodaban platos para ocho comensales. No es que la bandeja pesara demasiado; no para sus fuertes brazos. Lo cuesta arriba era que debía circular con ella en medio de parejas de bailadores. Por esa época estaba muy de moda un merengue, *El baile del perro*.

> El baile del perro, ¡*jau*!
> Que lo baile *pegao*.
> Que lo baile de *lao*.

Nunca olvidaría aquellos versos rudimentarios. Mientras circulaba, bandeja en alto, entre parejas de enloquecidos dominicanos, *Careta* llegó a odiar el merengue, al que tanto se había aficionado en Cuba escuchando a Juan Luis Guerra y la 440 cuando con ellos cantaba Maridalia. Le aterraba la idea de que se le cayera la bandeja y los platos fuesen a parar a la cabeza de alguien. Tan pronto pudo, cambió de empleo.

Se arrepentiría. Comenzó a trabajar en un frigorífico del *North West*. Su tarea consistía en eliminar de la fachada del enorme edificio eso que en las construcciones antiguas se llama «la pátina del tiempo», y que no era más que mugre acumulada. Lo hacía con una especie de pistola de agua que lanzaba el líquido contra la pared con una gran presión. La pátina mugrosa le caía encima y terminaba sus jornadas hecho un asco.

Lo peor fue que a la semana llegó al frigorífico un nuevo administrador, un sujeto corpulento y rubicundo, calvo y de larga nariz, al que no parecían gustarle los «latinos». Al tercer día de su llegada comenzó a caer un fuerte aguacero. *Careta* y su compañero de labores se sentaron a la sombra de un alero y allí estaban, viendo la lluvia caer, cuando el jefe se asomó.

—*Hey, you two! Get back to work. I don't pay you to be on your asses.*

—¿Qué dice ese?—le preguntó al otro, un balsero recién llegado que hablaba un inglés extrañamente impecable.

—Dice que volvamos a «pinchar», que no nos paga para que estemos sentados sobre nuestros culos —explicó exhaustivamente el balsero.

—¿Con qué quiere que nos sentemos? —dijo *Careta*, enfurruñado.

No volverían a sentarse, ni con lluvia ni sin ella. Al terminar la jornada el administrador pasó junto a ellos y sin siquiera mirarlos dijo:

—*You both are fired. Go to mi office to get your money.*

—Y ahora, ¿qué?

—Nos *piran*—contesto el lingüista. —Vamos a su oficina a coger el *baro*.

—Que espere. Primero me voy a cambiar.

Fue hasta donde estaban las taquillas, se quitó el mono que había debido comprar para que le dieran el trabajo, un mono blanco que ya era gris, y lo dejó caer en el suelo. Allí quedó. Ya vestido, se dirigió a la oficina del jefe. En el camino se cruzó con su compañero de trabajo y cesantía.

—Ten cuidado con ese —le dijo el balsero— es más hijo'e puta que Fidel y más *pesao* que Raúl.

Hijo de un negro de origen jamaiquino, *Careta* era un muchacho muy bien educado; tocó suavemente a la puerta del ejecutivo.

—*Come in* —dijo éste ásperamente; aún no acababa de entrar cuando le señaló un sobre que estaba sobre su mesa —*That's your money.*

Luego volvió a sus papeles.

Careta abrió el sobre y comenzó a contar el dinero. En eso estaba cuando escuchó de nuevo la voz de quien creía ser el Poder.

—*Outside* —dijo. —*Count it outside.*

—*Sorry* —contestó él sin mirarlo. —*No English.*

El conteo terminó antes de que el otro reaccionara; en realidad, había poco que contar. *Careta*, ya irritado, tiró el sobre vacío sobre la mesa, se volvió y salió de la habitación dejando la puerta abierta. Apenas dio dos pasos en el pasillo escuchó vociferar al hombre de la cabeza rapada.

—*Hey, you, spic! Shut the fucking door!*

Careta se plantó en el marco de la puerta y le dedicó una de sus sonrisas carnavalescas. El balsero, atraído por los gritos del administrador, se acercó.

—Hazme un favor —le dijo. —Traduce, ¿si?

—Venga —dijo su compañero de infortunios laborales.

—Allá voy —se volvió hacia el hombre. —Déjate de zoqueterías conmigo, narizón.

—*Don't fuck with me, you big nose.*

—¿Dónde coño te crees que estás y con quién coño te crees que estás hablando?

—*Where the hell do you think you are and who the hell do you think you are talking to?*

—¡Estás en Miami y yo soy cubano!

—*You are in Miami and I'm Cuban!*

—¡Métete tu churroso frigorífico por el culo!

—*Shove your filthy packinghouse up your ass.*

—Ya. Vámonos —afuera, le dijo, admirado. —Eres un bárbaro, González. ¿No me dijiste que llegaste hace mes y medio? ¿Cómo es que hablas tan bien el inglés?

—Soy Licenciado en Lengua y Literatura Inglesa —contestó González. —Primer expediente de mi curso.

—¡Ah, bueno!

Se sentían felices, a pesar de todo. Felices y agradecidos a los exitosos exiliados llegados mucho antes que ellos que habían creado «el Miami Cubano». Con su escaso dinero y su abundante felicidad se encaminaron a la estación Northside del *Metro-Rail*. Un trabajo es un trabajo, pero aquél no era como para llorar por él.

Poco tiempo estuvo desempleado. Algo natural, pues el empleo que consiguió no era de los más codiciados. Se trataba de atender a los pacientes de un *boarding home*, especie de almacén de ancianos que apenas estaban en este mundo, mezclados con pacientes de enfermedades mentales que no habían desarrollado un alto grado de peligrosidad. Sus tareas eran muy desagradables, por lo que se propuso buscar otra manera de ganarse la vida tan pronto fuera posible.

Breve fue su estancia allí. Sin embargo, uno de los vencidos a los que atendía marcó su vida.

Era un hombre alto, en los puros huesos. Su hoja clínica decía que apenas estaba en la mitad de los cuarenta, pero parecía mucho más viejo. Decía ser escritor y *Careta* pudo comprobar que lo era. Llevado por la curiosidad, acudió a Universal, una librería de libros en español de la calle 8. El empleado, un alto y adusto catalán, reaccionó de inmediato cuando escuchó el nombre.

—Muy bueno —dijo escuetamente mientras le ponía delante un pequeño libro.

Careta no era aficionado a leer. En Cuba, donde el aburrimiento había socavado el natural desinterés de los cubanos por la literatura, leyó varias novelas policíacas de una editora que se hacía llamar Dragón y *Diecisiete instantes de una primavera,* una historia de espionaje del ruso Yulián Semiónov, el libro más voluminoso de su historial como lector. Su trama le era conocida antes de leerlo por una serie soviética de televisión cuya calidad había barrido con la resistencia cubana a los productos cinematográficos y televisivos de la Madre Rusia.

Compró el libro del paciente. Compró también uno del catalán, que resultó ser escritor. Los leería mucho después, en un lugar que se parecía a Cuba.

En sus momentos de lucidez, el escuálido intelectual era un conversador extraordinario. *Careta* pasaba con él todo el tiempo que le era posible, escuchando las historias del mundo literario de La Habana, que incluían las ignominias de sus colegas cubanos y latinoamericanos, todo ello mezclado con detalladas descripciones de la belleza de la que había sido su esposa, una argentina montonera muerta en la represión de los 80'. Su conversación fascinaba al muchacho y a veces lo divertía, como cuando se lanzaba a recitar nombres estrafalarios, reales o inventados; era algo así como un discípulo de Guillermo Cabrera Infante, y el tema lo obsesionaba. Uno de aquellos nombres, el que más lo hizo reír, quedaría en la memoria de *Careta*. Mejor para él hubiese sido olvidarlo.

La señora Sofía acudió de nuevo en su ayuda. Lo llamó desde Puerto Rico, donde vivía, y al contarle él sus cuitas, ella entró en acción. A la noche siguiente recibió la visita de alguien que dijo llamarse Ruy Gómez, un corpulento sesentón que le ofreció darle clases de tiro e inscribirlo en una escuela de guardias de seguridad. Así lo hizo. Con su licencia de *Security* y las recomendaciones de Ruy Gómez, *Careta* consiguió empleo en el gigantesco aeropuerto de Miami.

Fue destinado a guardias nocturnas en el *bagroom*, el sótano abierto a las pistas donde se depositaba la carga de los aviones que debían partir al día siguiente. Si en el *boarding home* abundaban las escenas desagradables, aquí no había escenas de ninguna clase. Durante horas no se veía un alma en aquel sótano que, como las horas que pasaba en él, parecía no tener fin.

De vez en cuando le encargaban la custodia de un avión para el que no había hangar. En una de esas ocasiones tuvo su mejor momento en aquel empleo, cuando la nave, un Boeing 727, debió ser trasladada a otro punto del aeropuerto para una reparación.

—¿Quieres sentarte en la cabina? —le preguntó uno de los mecánicos.

Encantado, *Careta* ocupó el asiento del piloto mientras el 727 era remolcado. La cantidad de esferas, botones y palancas, la sensación de poderío que seguramente daría controlar aquel objeto volador lo hicieron enamorarse de la aviación. Más bien de los aviones, que volar nunca había sido ni sería una actividad placentera para él.

Escapó del tedio cuando fue trasladado a guardias diurnas en la aerolínea colombiana Avianca. Debía controlar el equipaje que iba de los aviones a la aduana y de la aduana a los aviones, para evitar el robo de maletas, delito del que se habían hecho sospechosos los encargados de mover las vagonetas en las que se trasladaba el equipaje, casi todos balseros de mala catadura salidos del hampa habanera.

Como alivio a la tensión del constante vigilar, se acostumbró a recibir a los Boeing 747 de Lufthansa, que estacionaban en el *jetway* contiguo al de Avianca. Quince minutos antes de la llegada del vuelo que venía de Barranquilla llegaba el 747 de la aerolínea alemana. Parado detrás del *parqueador*, *Careta* miraba acercarse al bello gigante metálico hasta que se detenía en el punto debido. Durante meses siguió esa rutina siempre igual, sin cansancio.

Era un buen empleo, pero los había mejores y mejor pagados. *Careta* les dijo adiós a sus queridos Boeing y se alistó en las huestes del programa estatal que intentaba detener una plaga que afectaba a los cítricos. La epidemia se concentraba en los patios de Miami y el vecino condado de Broward, algunos de cuyos vecinos reaccionaban con furia ante la tala de sus árboles, por lo que enfrentar una rabieta de vez en cuando era parte del trabajo. El inclemente sol de la Florida y la humedad, que aumentaba el calor, eran otros inconvenientes.

Sin embargo, a *Careta* le gustó aquello. Dos terceras partes del personal lo componían cubanos recién llegados, entre los que había numerosos universitarios: médicos, veterinarios, ingenieros y abogados proliferaban. También encontró allí una cantidad inusitada de buenas hembras; algunas de ellas aliviarían su soledad, a veces en algún motel de la calle 8, otras entre azares y azahares.

Los inspectores se movían en un *van* y trabajaban en grupos de cuatro. Los tres que le tocaron en suerte eran un agrónomo de Caibarién que fungía como *crew leader,* una bella cuarentona de ojos enormes y un santiaguero que formó pareja permanente con *Careta*, pues el jefe del *van* se sentía confortado por la compañía de la madura belleza y la llevaba siempre consigo a las inspecciones.

El santiaguero era un joven algunos años mayor que él, alto, de pelo oscuro y tez muy blanca, siempre dispuesto a la broma. Su familia había sido adinerada, ligada a una de las empresas licoreras de Santiago de Cuba, pero, evidentemente, lo habían criado con un descuido que no afectó a su buen natural, aunque sí a su dicción.

La madre, enamorada platónicamente del actor francés Jean Marais, decidió bautizarlo Avenant desde que vio *La Belle et la Bête* de Cocteau, en un programa de la televisión cubana que presentaba películas célebres. El Destino, encarnado en la cocinera de la casa, encariñada con el niño, estuvo a punto de malograr el homenaje a Marais: la cocinera decidió que Avenant era de mal sonido y lo cambió por Avenando. Cuando el muchacho creció y supo que «avenar» significaba «desaguar» y Camps, su apellido, era «campos» en catalán, decidió que Avenando Camps le venía de maravilla y a punto estuvo de convertirlo en su nombre oficial al solicitar la residencia permanente en los Estados Unidos, lo que no se consumó por la decidida oposición de la señora que lo trajo al mundo.

Durante su primera jornada de trabajo juntos entraron a una propiedad cuya casa estaba al fondo, con un amplio espacio de césped al frente. Era una edificación de dos pisos, con viviendas independientes, cuyos ocupantes no se encontraban allí. «*Beware of dog*» decía un letrero colocado en la cerca metálica, pero las letras estaban tan desvaídas por el sol y la lluvia que supusieron que el perro había muerto hacía tiempo y el letrero no era más que un recuerdo de su presencia. No había árboles de cítricos en la parte delantera. Avenant fue a dar un vistazo al traspatio mientras *Careta* se dirigía a la calle. A mitad de camino estaba cuando el santiaguero pasó junto a él a toda carrera.

—¡Corra, *compay*! —le dijo al pasar.

Careta ni siquiera miró hacia atrás. El momento era de correr, no de averiguar por qué debía hacerlo. El otro llegó al portillo y lo abrió hacia fuera. *Careta* salió del territorio repentinamente enemigo y un instante después escucho el sonido metálico del portillo al cerrarse y una bronca respiración animal. Sólo entonces se volvió. Junto a la cerca, un perro intentaba esforzadamente saltarla; un esbelto perro negro de vientre carmelita; de hocico alargado, largas patas y grandes colmillos; de orejas erectas y puntiagudas. Un perro diabólico. Dormido estaba ante la puerta de la vivienda del piso superior cuando despertó y los vio. Sin ladrarle a los intrusos, se dispuso a dar cuenta de ellos; bajaba las escaleras cuando Avenant lo vio e inició su veloz retirada.

Ese día comenzó lo que sería una gran amistad, que pocas cosas hay como el peligro compartido para hermanar a los hombres. Y aquel perro, con su silenciosa ferocidad, era el peligro en cuatro patas.

—Oye —le dijo un día *Careta* cuando su amistad era ya sólida—, ¿es verdad eso de que, en Santiago, *lo pato* se comen a *la moca* a la orilla de *lo charco*?

—Ese tema no me interesa, *compay*—contestó Avenant —Lo que quisiera saber es en qué quedó lo del *muetto* que apareció *tirao* en la *yebba* del *jaddín* de la casa *vedde* que *etá* frente al *pacque* .

—¿Dónde me *dijite* que *etá* la casa?

—Frente a un *pacque*.

Se llevaban muy bien; ambos eran recién llegados, de carácter alegre, y terminaron parrandeando juntos.

Un día, en un descanso entre patio y patio, *Careta* le habló de su proyecto de comprar una rastra.

—¿Una *ratra*? —preguntó Avenant.

—*Esato* —dijo *Careta*.

—¿No te interesaría un socio? Tengo *uno peso* que podría invertir. Y manejo bien. El último año que pasé en Cuba me gané la vida *boteando* con mi carro entre Santiago y Palma Soriano.

—¿Tenías carro en Cuba?

—Claro que tenía. Ya te dije que soy un niño fino del barrio de *Vita* Alegre. Mi familia no ha *encañao* a tanta gente como *lo* Bacardí, pero algo hizo. Y algo quedaba. El carro de *lo bueno tiempo* ya era chatarra cuando yo nací, pero *dimo* el oro, ya sabe, *la prenda* de la familia, en eso que llamaban «la tienda de *lo s'indio»* y *no* dieron un carro nuevo.

Mientras se ganaba la vida cargando bandejas, limpiando fachadas, atendiendo a ancianos y locos pacíficos, vigilando a posibles delincuentes en el aeropuerto y revisando naranjos, *Careta* estudiaba el idioma de su nueva patria, que era también el de sus abuelos paternos y a cuyo sonido estaba acostumbrado desde niño. Estudió con un empeño que encantó a su protectora cuando le contestó en inglés una de sus llamadas. Quedó fascinada al escuchar la descripción, apenas sin errores, de la llegada de los 747 y la aventura con el perro feroz y sigiloso. Su satisfacción la llevó a invitarlo a visitar New York. Pocos días después le envió los pasajes e instrucciones precisas para encontrarse en el aeropuerto de Newark, el más cercano a la casa de los amigos de ella donde se hospedarían.

—Miami es un pueblo de vaqueros —murmuró para sí.

En el atardecer, contemplaba las Torres Gemelas y el extremo sur de Manhattan desde aquella casa de Staten Island. Sofía y sus amigos se echaron a reír.

—¿Te interesa la aviación? —le preguntó ella al recordar el entusiasmo de *Careta* por los aviones.

Caminaban por la Quinta Avenida. Él miraba a un lado y a otro, pero siempre hacia arriba.

—Hasta cierto punto —dijo sin dejar de contemplar los rascacielos —Me gusta mirar los aviones en tierra, verlos despegar y aterrizar, pero no volar en ellos. Además... se me había olvidado decírselo: me conseguí un socio para lo de la rastra. ¿Podría usted...?

Ella no dejó que terminara la petición de ayuda.

—Ya tenía decidido hacerlo.

—Yo podría pagarle poco a poco...

Nuevamente fue interrumpido.

—Tú ocúpate de manejar la rastra. Del resto me encargo yo. Y hablando como los locos: ¿estás bautizado?

Poco después, *Careta* comenzó su carrera de trotamundos, en la grata compañía de Avenant *el Santiaguero*.

Se divertían de lo lindo durante sus viajes a todo lo largo y ancho del ancho y largo territorio americano.

—¡*Ete paí* no se acaba nunca, *compay*! —decía, entusiasmado y cantarino, el Santiaguero— ¡Ni en *dié s'año vamo s'a* ver todo lo que hay que ver!

—Habría que darle las gracias a los que nos hicieron venir para acá. Por cierto, ¿quién crees tú que sea peor, *Catro* o *Batita*?

—*Catro* —contestaba el otro riendo.

Fueron felices aquellos años de nómadas motorizados. De Miami a San Francisco, de San Francisco a Chicago, de Chicago a New Orleáns, de New Orleáns a San Diego, y otra vez a Miami; siempre juntos, menos en dos o tres ocasiones en que Avenant cruzó la frontera entre México y California para asistir a corridas de toros, a las que se había aficionado durante su breve estadía en España.

Aquella vida gitanesca incluía ocasionales aventuras en las que *el Santiaguero*, que era muy bien parecido, se llevaba casi siempre la mejor carne. *Careta* gastaba alegremente. No así el otro, de natural ahorrativo y nacido en una familia que sabía lo que era perderlo todo después de haber tenido mucho. Además, estaba de novio y quería casarse.

—¿Cuándo, *asere*? Hace un año que me estás hablando de que te vas a matrimoniar.

—Todavía —contestaba Avenant. —*Etoy* tejiendo mi abrigo de invierno.

Careta no desperdiciaba una oportunidad para la burla:

—¿Hay abrigos de verano?

Inútil, porque *el Santiaguero* era imperturbable:

—No sé, *compay*. El mío *e* de invierno. ¿En La Habana no saben lo que *e* s'un abrigo de invierno? Ya sé: *e* que allá dicen «de *inviedno*».

En su primera parada en New York, *Careta* llevó a su compañero al sitio que más lo había impresionado desde su llegada, a donde antes lo llevara Sofía cuando lo invitó a la Gran Manzana: el parque-mirador de Weehawken. Era de noche y Manhattan resplandecía. Avenant quedó pasmado ante la vista que se veía más allá del río Hudson.

—¡Qué belleza, *compay*! ¡*Ete* pueblo *e ma* lindo que Santiago de Cuba! ¡Y mire que Santiago *e* lindo!

—Santiago es un pueblo de negros y casas de madera —dijo *Careta*, despectivo.

Desde que comenzó a soñar con irse a los Estados Unidos *Careta* había llegado a la conclusión de que más le valía eliminar su herencia africana, y como ésta sólo se manifestaba en el pelo, se afeitó la cabeza a poco de llegar a Miami, luego de aparecer en la prensa y la televisión local por primera y única vez luciendo sus rizos, no por dorados menos negroides. Pero eso no era suficiente para engañar a Avenant, experto en negritudes:

—No hable mal de *lo negro, compay*. No hable mal de *lo negro*. Mire que *uté lo* tiene cerca.

—¿Yo? ¡Yo soy blanco como un coco! —proclamó *Careta* con su más amplia sonrisa carnavalesca.

—¿Blanco como la masa o como la *cácara*?

Avenant era un compañero ideal para aquella vida. Las apologías de su amada ciudad natal nunca dejaban de divertir a *Careta*.

—¡Santiago de Cuba! No hay cosa *ma* bella en *ete* mundo —ya había olvidado la visión de New York desde Weehawken—. ¿*Ha vito* Santiago de noche *dede* Rancho Club?

—No. Desde el motel Versailles sí.

—Da lo *mimo. E* bella de cualquier punto que se le mire. ¡Y esa bahía! La bahía de La Habana *e* un charquito comparada con la de Santiago. Un charquito de agua de albañal. ¿Y El Morro? No hay *catillo* como ese, *compay.* Hay que bajar por la *ecalera* que llega *hata* el agua y verlo *dede* abajo. Parece que le fuera a caer a uno encima. ¿Y Puerto Boniato y la Gran Piedra? *Eso* sí son *paisaje.* Y no *hablemo* de Siboney. ¡La mejor playa de Cuba!

Careta, que se había bañado en «la mejor playa de Cuba» cuando visitó la capital oriental, soltó una larga carcajada, que el otro terminó por secundar.

—Si acaso, la mejor resaca de Cuba. Como te descuides, vas a parar a Jamaica.

—No *esagere, compay.* No *esagere.*

Avenant no era sólo alegre y divertido; también era original. Su cerrado acento, que no perdonaba una S, no se avenía con el vocabulario que empleaba. Tampoco su aspecto.

—La verdad, Ave, no entiendo como un muchacho así, con tu tipo de «*macrí* fino», como dicen los negros de La Habana, habla como si se hubiera criado en Los Hoyos.

—De *Lo s'Hoyo* era Lubín —contestó Avenant con aire ausente.

—¿Quién?

—Lubín Correa, la cocinera de mi casa, prima del cantante de la *orqueta* de Chepín-Chauvén, la mejor de Cuba. De niño, yo pasaba mucho tiempo con ella.

—¿Con la orquesta o con Lubín?

—Con Lubín.

—Se nota. Oye, Chepín Chauvén se murió, ¿verdad?

—No *esatamente.*

—¿Qué quieres decir?

—Quiero decir que no se murió. Se murieron.

—¿Cómo que se murieron?

—Murió *Eleto* Rosell, *ma* conocido por Chepín, y murió también su socio Bernardo Chauvén.

—¿Eran dos?

Avenant hizo un gesto de desaliento:

—*E s'uté* tan *inorante* que piensa que Chepín y Chauvén eran uno solo y Arango y Parreño *do*.

La mención del creador de la ahora moribunda industria azucarera cubana trajo recuerdos agridulces a la memoria de *Careta*.

—¿Alguna vez cortaste caña?

Demasiada vece —contestó Avenant, repentinamente sombrío. —No quiero ni acordarme de que tuve que trabajar de peón para el bandolero que *no* quitó lo que era *nuetro*, primero en el servicio militar obligatorio y luego para poder salir de Cuba.

—¿Estuviste en el servicio?

—*Etuve. Tre s'año* de perra vida. Como dijo Carpentier: «La vida *ma* perra que *arratrarse* pueda en el Reino de *Ete* Mundo».

—¿Fuiste a Angola?

—Fui. Del avión a Cuito-Cuanavale sin *ecala*. De aquello no me pregunte, que no quiero ni acordarme. ¡Con diecisiete *año* y sirviendo de carne de cañón nada *meno* que en África! *Meno* mal que con esa batalla se acabó la guerra.

Otra era la pregunta que *Careta* hacía tiempo quería hacerle. Pensó que ese era el momento.

—¿Por qué se quedó en Cuba tu familia?

Un silencio, un suspiro, y Avenant dijo:

—Mi padre *etaba* seguro de que aquello se caía. Y se sentó a *eperar. Eperando etaba* cuando murió de un infarto masivo. Poco *ante* hizo que yo viniera al mundo —para cortar los malos recuerdos preguntó:—¿Por qué quiere saber si corté caña?

—Por la parodia de un mozambique que me hiciste recordar, una que cantábamos en los cortes. Decía así:

Careta era bastante musical; siguiendo la melodía original, lo cual era fácil, pues sólo tenía una nota, entonó los versos de la parodia:

> Arango y Parreño,
> esos dos señores,
> trajeron la caña,
> los muy jodedores.

—Ya, ya, ya. Deje eso. De *Pello el Afrokán*, ¿no? ¡Negro *comunita* y *arratrado*! Un aporreador de *parche* que en *la s' orqueta* de Santiago no hubiese sido ni utilero.

—Pues no es de *Pello*, para que lo sepas. Es de Juan Almeida, Comandante de la Revolución y Gloria de la Música Cubana.

—Como diría Lubín: *ma pior*. Sea de quien sea, no quiero oír hablar de caña ni con música. En el *supueto* caso de que eso sea música.

—El ron viene de la caña y tu familia vivía del ron.

—Eso fue *ante* de yo nacer.

Avenant tenía gustos mucho más complicados, por así decirlo, que los de *Careta*. En sus ratos de descanso leía y leía, sobre todo escritores americanos, en inglés, que ya hablaba casi a la perfección y sin devorar una sola S. Lo que más sorprendía a su compañero era su afición a la música de Chaikowsky. Por lo general, el espacio de la cabina lo llenaban Chepín-Chauvén, Mariano Mercerón, el dúo Los Compadres, Pacho Alonso y las diversas agrupaciones encabezadas por Miguel Matamoros. Santiagueros todos.

—Oiga *eto*. El cuarteto Maisí: Siro, Cueto y Miguel con Juana María *Casa, la Mariposa*. Y dele oreja a ese piano. Ramoncito Dorca.

—¿Santiaguero también?

—Tiene que serlo. Toca el piano con el *mimo etilo* que *Matamoro* la guitarra.

Pero, cuando no escuchaba a sus entrañables coterráneos, entraban en el aire el ruso y su música para *ballets*. En ese campo *Careta* poseía ciertos conocimientos, herencia de las funciones de la compañía de Alicia Alonso a las que debió asistir como parte de sus obligaciones escolares.

—¿*Cacanuece*? No lo conozco.

—No se haga el *vaina, compay. Cacanuece*, de *Chaikoki.* Ese y *El lago* de *lo cine* son *bárbaro.*

—¿De los cines? ¿De qué cines? En el Parque Lenin hay un charco que podría llamarse lago con un anfiteatro en la orilla, pero nunca he oído hablar de un lago donde haya cines.

—*Cine* —dijo pacientemente Avenant. —¿No sabe qué son *lo cine*? *Eso pato* de cuello largo.

—¿Los que se comen a *la moca* a la orilla de *lo charco*?

—No, señor. *Lo* que se comen a *la moca* son *otro. Eto* son *pato fino*. Algo así como *aritocrático.*

Años felices, sin duda. Sólo dos malos momentos hubo, que le hicieron recordar a *Careta* la hermosa y madura mujer que en una sola tarde le dio muchas cosas, todas buenas; entre ellas un buen consejo, un buen consejo que él no puso en práctica.

S alía del casino de los indios Miccosukees cuando alguien lo atacó. El hombre lo derribó con un golpe en la nuca y luego lo pateó estando en el suelo, rompiéndole dos costillas. Cuando recobró el conocimiento y supo que no le habían robado nada, supo también quién estaba detrás del ataque.

Le pidió a Ruy Gómez que la localizara. La pesquisa duró poco: Lana estaba en la cárcel, condenada a tres años por venta de drogas.

Reaparecería. Reapareció en persona, no a través de un matón a sueldo. De pronto, *Careta* dejó de ver el rostro apuesto y al mismo tiempo siniestro de Anthony Hopkins. Unas manos tapaban sus ojos; unas pequeñas manos femeninas. Se volvió. En la penumbra del cine, a pocos centímetros de distancia, estaban los ojos y la sonrisa de Lana: Hannibal Lecter con un pie menos de estatura y cien libras menos de peso, y convertido en travesti.

Lana se puso de pie, rodeó la fila de asientos y se acercó a *Careta*. Pero no se sentó; en vez de eso, se arrodillo y colocó su frente sobre los muslos de él.

—Perdóname. Sé que soy muy mala, pero perdóname.

Ya había perdido el acento mexicano.

—¿Qué es lo que tengo que perdonarte?

—Tú sabes que fui yo. Perdóname —levantó la cabeza; luego su mano avanzó por los muslos de él hasta llegar a la entrepierna. —Hace tiempo que quería buscarte. Hoy te vi entrar aquí, y... me muero de ganas de estar contigo.

«Se llevan bien porque tú no le interesas», dijo Rosa, cerca de allí en la distancia, muy lejos ya en el tiempo.

Como si hubiera escuchado la voz de su madre, Lana se apresuró a contradecirla:

—Desde que me diste aquella paliza se me ocurrió la idea de que tú eras mi hombre. Llevo años luchando contra eso; pero ya no quiero seguir con la lucha. ¿Vamos?

—¿A dónde?

—A donde sea. Me da igual.

Aunque *Hannibal* lo fascinaba, él decidió, siguiendo un impulso inexplicable, dejar para otra ocasión la película sobre el médico asesino y antropófago.

—Vamos a mi casa —dijo.

—Vamos.

Durante el trayecto lo asaltó de nuevo aquel miedo inexplicable. El miedo lo llevó a recordar a su protectora, que se había ido a vivir a Israel, pero con quien mantenía contactos telefónicos semanales.

«Quiero que la vea», pensó.

—Siéntate —le dijo cuando llegaron —Voy a preparar un par de tragos. ¿Whiskey?

—Ron.

Sirvió las bebidas. Luego fue hacia su cuarto.

—¿A dónde vas?

Le hizo un gesto con la mano y entró en la habitación. De la mesa de noche sacó una cámara fotográfica. Al volver a la sala ella la notó en seguida.

—¿Y eso?

—No tengo ninguna foto tuya. Tenía una, pero la dejé en Cuba.

Lana estaba echada sobre el sofá. Se sentó, cruzó las piernas y sonrió.

—¿Ya? Ven.

Comenzaron a acariciarse y a desvestirse mutuamente. Cuando estuvieron desnudos, él se dirigió de nuevo al cuarto.

—¿Y ahora qué?—dijo ella con un deje de irritación.

—Un momento. Tenemos mucho tiempo.

Volvió con un condón, se plantó ante ella y comenzó a quitarle la envoltura.

—Oye, eso no me gusta.

—¿Por qué? No es cosa de estar haciendo muchachos sin quererlos.

—Yo tomo la píldora. Eso no me hace falta. Y no me gusta.

—A mi sí. Siempre lo uso.

Desnudo, con el pequeño pedazo de plástico transparente en la mano, *Careta* la observó con atención.

—Pues a mí no.

—¿Por qué? ¿Qué más te da? Si disminuye el gusto es a mí a quien lo disminuye. Tu vas a sentir lo mismo.

—No. No quiero eso.

Careta retrocedió instintivamente.

—Pues yo sin esto no lo hago. Ni contigo ni con nadie —dijo con toda la firmeza que pudo reunir.

Lana se puso de pie, recogió del suelo su *bloomer* y se lo puso.

—Conmigo se *tiempla* al natural. O no se *tiempla*.

Terminó de vestirse y se dirigió a la puerta. De pronto, él comprendió: Lana era una candidata natural para adquirir la enfermedad que asolaba el mundo. La tenía. Y quería transmitírsela.

—Oye —dijo quedamente él.

—¿Qué?

—Estas enferma, ¿verdad?

Junto a la puerta, ella se volvió, lo miró. Sólo lo miró. Como aquella vez en que él la golpeara, no dijo una palabra.

Al día siguiente hizo revelar y ampliar la foto. Luego la envió a Israel por Federal Express. Esperó dos días y llamó.

—Señora Sofía.

A miles de kilómetros le contestó una risa.

—¿Nunca me vas a quitar el «señora»?

—Se me escapó, madrina. ¿Recibió la foto?

—La recibí. ¿Quién es? ¿Tu novia?

Él notó el tono de preocupación en su voz.

—¿No le gusta?

—Es muy bonita. Y es a ti a quien tiene que gustarte.

—Está bien, pero, ¿le gusta?

Más allá del Atlántico, junto a la costa oriental del Mediterráneo, hubo una larga pausa. *Careta* esperó.

—No.

—¿Por qué?

—No sé. Bueno, sí lo sé. No recuerdo haber visto una sonrisa como esa en la vida real. Sólo en el cine o en fotografías.

De pronto, Careta dejó de sentirse solo ante el peligro.

—¿Hannibal Lecter?

—Más o menos. Hannibal Lecter, Rodolfo Fierros. Alguien así.

—¿Quién es ese Rodolfo Ferro?

—Fierros. Un general mexicano, de cuando la revolución. Aparece en una foto del libro de Manuel Márquez-Sterling sobre Madero. A cada rato la miro para recordarme a mi misma que en el mundo hay gente muy mala y agradecerle a Dios que lo parezcan.

Careta no sólo ignoraba la existencia del general compañero de Pancho Villa; típico producto de la educación castrista, tampoco sabía quiénes eran Francisco Madero ni Manuel Márquez-Sterling, y en ese momento no tenía interés en averiguarlo. Esperó en silencio a que ella continuara:

—Tampoco me gustó su atavío. Toda de negro.

—El negro le sienta bien. Es de piel muy blanca.

—El pelo, ¿es natural?

—No. Cuando la conocí era de un castaño claro. Luego se lo pintó de rubio. Ese color negro que lleva ahora no se lo había visto nunca.

—¿Y las uñas?

—¿Qué hay con las uñas?

—Las tiene pintadas de negro.

Él no se había fijado para nada en el color de las uñas de Lana. Comprendió que, en vez de solo, estaba muy bien acompañado, aunque la compañía estuviese lejos.

—¿Y eso qué tiene que ver?

—Las mujeres miembros de sectas satánicas se las pintan así.

Esta vez fue *Careta* el que quedó en silencio. Cuando habló, dijo:

—Ella no necesita ser miembro de ninguna secta satánica. Es satánica por su cuenta; *freelance*. Es mala, madrina. Muy mala.

Hizo una pausa, no le gustaba lo que iba a decir, pero aquella mujer, que lo había bautizado cuando estuvo por primera vez en New York, en la iglesia que había sido la parroquia del Padre Varela, se había convertido en algo muy parecido a una madre. *Careta* habló como si todavía fuera un niño.

—Le tengo miedo —dijo.

—Bueno, bueno. No creo que le tengas miedo a cualquiera. Todavía no me has dicho quién es.

—La conozco desde Cuba. Allá era eso que llaman una *jinetera*. Se casó con un mexicano rico, uno de esos hombres buenos que tienen el gusto malo en materia de mujeres. Ella me ayudó a escapar. Nos ayudamos. Hicimos juntos el viaje hasta la frontera en el carro del marido. En el camino... tuvimos una pelea. Desde que llegué no la había vuelto a ver, pero tuve noticias suyas; me mandó un matón para que me diera una paliza. Y me la dio: dos costillas rotas. Siempre supe que fue ella, porque el tipo no me robó nada; se limitó a golpearme. Estaba presa por venta de drogas cuando ocurrió, pero sé que fue ella. Me odia.

—¿Por qué?

—Discutimos durante el viaje hacia la frontera; ella quería quedarse con el carro del mexicano y yo me negué. Entonces me insultó. Y le pegué.

—¿Le pegaste? ¡No lo puedo creer! ¡A las mujeres no se les pega, *Careta*!

—Algo así decía mi padre: «A las niñas no se les pega, Malinowski». Pero esta niña es distinta. Es un demonio. Me dijo algo de mi madre que me sacó de quicio.

Careta esperó. Espero que Sofía le preguntara sobre su madre, pero ella no lo hizo.

—De todos modos hiciste mal.

—Claro que hice mal. El castigo fue la paliza que me dio el matón. A ese le romperé el alma algún día... si lo encuentro y lo puedo reconocer. Pero a ella...; a ella le tengo miedo, madrina. Nunca conocí a nadie así.

—Está bien, está bien. Con que te mantengas a distancia de esa señorita me parece suficiente. ¿O no?

—No. Hace dos días, cuando me la encontré en un cine, cuando ella me encontró...; fue antes de ayer, cuando le tomé esa foto. Se la tomé porque quería que usted la viera, que viera su cara. Ella... quiso estar conmigo, pero algo me iluminó y...

—Dios ilumina a los que quiere salvar.

—Sí. Creo que está enferma. De SIDA. Y que quiso contagiarme. Y que va a contagiar a todo el que pueda.

Al otro lado de la línea, Sofía meditaba. Por fin dijo:

—¿Por que crees que tiene SIDA?

—No me haga explicárselo —dijo él tras un momento de vacilación. —Tengo buenos motivos para creer que lo tiene.

—Y..., ¿qué quieres hacer? Si compruebas que tiene el virus, puedes denunciarla. Debes denunciarla si tienes buenos motivos para pensar que quiere contagiar a otros. Es un delito propagar una enfermedad a sabiendas. Sobre todo *esa* enfermedad.

—He pensado en eso. Pero también en algo mejor.

Ella esperó.

—Mandarla a Cuba.

—¿Por qué crees que sería mejor?

—Porque es lo mejor para todo el mundo. Para los que podría infectar, porque allá encierran a los que tienen la enfermedad, como si fueran presos. Para ella, porque en Cuba tiene familia, su mamá, su papá, que es un funcionario importante, y cuatro hermanos. Para mí, porque algún día va a tratar de matarme. Y tendré que matarla para seguir vivo, madre.

Le dijo «madre», no «madrina». Era la primera vez que así la llamaba.

—Espera. No cuelgues.

Sofía salió al balcón y durante unos momentos buscó tranquilidad en la vista del mar.

—¿Estás ahí?

—Sí.

—Déjame pensar en el asunto. ¿Cómo se llama ese sueño de muchacha?

—Svetlana Paneque.

—¿Es ve qué?

—Svetlana. Es un nombre ruso. Como el mío. Es decir, el de antes; el que traje de Cuba.

—Deletréalo.

-S-V-E-T-L-A-N-A. Svetlana Paneque.

—Te llamaré. No salgas de Miami.

—La quiero mucho, madre.

—Yo a ti también.

Apenas colgó llamó a su compañero y le pidió que buscase un sustituto para el viaje que tenían programado el día siguiente. Siempre en plan de broma, *el Santiaguero* lo emplazó:

—¡Pero, *compay*! *Uté* tiene *lo tetículo ma grande* que el toro de Wall Street. Cada *ve* le *guta meno acurralar*.

—Busca un sustituto y no jodas.

—*Etá* bien, *bucar* un *sutituto* no pasa de ser un problema enano; pero recuerde que *debemo ganarno* el *sutento* con el sudor de *nuetra nalga*. *Retifique*, que va por mal camino.

—Cuida la *ratra*—dijo *Careta*, y colgó antes que Avenant le lanzara otra andanada santiaguera.

Tres noches después, recibió una llamada.

—Ruy. Quédate en tu casa, que voy para allá. Tu madrina me llamó.

Lo vio llegar. Cuando entró, ya lo esperaba un Deward's a la roca. Ruy Gómez paladeó un sorbo de la bebida antes de hablar.

—¿De dónde sacaste a esa niña?

—Éramos amigos en Cuba.

—Una amistad horizontal, supongo.

—Si. Además, nos escapamos juntos de México. Yo escapé de los *segurosos* y ella del marido.

—El marido es un hombre de suerte. Debería besarte los pies.

—No creo que tenga intenciones de besarme los pies. Lo que quiere hacer es cortarme los huevos, según me dijo cuando hablé con él.

—Hay gente muy desagradecida. Bien. La muchacha es una ex convicta, eso ya lo sabes. Y seropositiva. No está enferma todavía, pero porta el virus.

—Es lo que pensaba.

—¿Qué quieres hacer?

—¿Mi madrina no se lo dijo?

—No. Me dijo que la investigara, que averiguara si tenía lo que tiene y que te ayudara en lo que quisieras hacer. ¿Qué es?

Se lo dijo. Ruy Gómez lo escuchó en silencio. Luego, sorbo a sorbo, terminó su *scotch* y pidió otro.

—Hay que ver los líos que se busca uno cuando se enamora —dijo con un suspiro.

—¡Yo no estoy enamorado de esa bruja!—protestó *Careta*.

—Tú no estas enamorado, pero yo sí. No de la bruja, por supuesto —Ruy Gómez no esperó la pregunta. —Hace veinte años que dijo «no» y todavía me mando a correr cuando me pide algo. ¿Te acuerdas cuando tuve que volar a New York para ser tu padrino de bautizo? Me trajina de mala manera.

Careta comprendió. Quedó estupefacto.

—¿La señora Sofía?

—Señorita. Nunca se casó. A mí, cuando le puse las cartas sobre la mesa, me dijo que yo era una maravilla de hombre y luego me rechazó. En fin, eso no es asunto tuyo ni hay nada que hacer. Lo que tú quieres sí se puede hacer. ¿Por dónde quieres lanzarla?

—Por Guanabo.

—¿Por qué Guanabo?

—La madre vive allí.

—¿Tiene teléfono?

—Sí.

—¿Y el número?

—Lo recuerdo. Además, lo guardé.

—Magnífico. Llámala. Ahora.

—¿Para qué?

—Para saber que sigue allí.

—Y..., ¿qué le digo?

—Nada de particular. Salúdala. ¿La conociste bien? Quiero decir, ¿la trataste mucho?

—Sí. Bastante.

La involuntaria sonrisa de *Careta* no escapó a la observación del veterano de tan disímiles batallas.

—¡Qué me cuentas! ¿Así que también te echaste a la madre? ¿Está tan buena como la hija?

—Mejor.

—¡Miren al ahijado, *caraj*! Me está resultando un jodedorcito. Un *singóptero*. Bien. Si se acostaron, eso facilita las cosas. Las hace más naturales. Llámala. Y conecta el *speaker*.

La llamó. Rosa quedó encantada.

—De veras que ha sido una linda sorpresa. Yo pensé que ya no te acordabas de mi existencia.

—Tú no eres fácil de olvidar —dijo él, ante la mirada irónica de Ruy Gómez.

—Modestia aparte, creo que tienes razón. ¿Has sabido de mi encantadora hija?

—Sí —contestó él, cauteloso —¿Tú no?

—Desde que se escaparon de México no he tenido noticias suyas. Ni una letra, ni una llamada.

—Bueno, tú sabes como es ella.

—Sí, yo lo sé. Nadie lo sabe mejor que yo.

Careta cambió de tema:

—¿Cómo está la situación? ¿Te hace falta algo?

—La situación está como siempre: empeorando. Faltarme, me falta menos que a la mayoría. Fui la mujer de un «pincho», ya sabes, y algo se nos pega. Y a ti, ¿cómo te va?

—Bien. Me va bien. Te mandaré unos dólares mañana o pasado.

—¡Vaya, hombre! Parece que esta vieja dama indigna te dio algo bueno, ¿eh?

Él sonrió antes de contestar.

—Sí. Algo muy bueno. Te llamaré pronto.

—Sí, llámame. Me ha alegrado mucho saber de ti.

Aquella mujer era cálida, naturalmente cariñosa, pensó. Quizás merecía mejor suerte.

—Muy bien —dijo Ruy Gómez —Me pongo en campaña.

Pasó menos de una semana antes que *Careta* estuviese listo para enfrentar a su enemiga.

—¿Qué quieres?

—Hablar contigo.

—Ya estás hablando.

—Siento mucho lo del otro día. Vamos a vernos, ¿sí?

—¿Para qué?

—Para terminar lo que empezamos.

—¿No dices que estoy enferma? ¿No tienes miedo de que te contagie?

—Yo no dije que estuvieras enferma. Sólo te pregunté. Y siento habértelo preguntado. Vamos a vernos, Lana. Tengo un lugar que te va a gustar. Un apartamentico junto al mar, en los cayos. Podríamos pasar allí el fin de semana.

—¿Tienes un apartamento en los cayos? Parece que estás ganando más dinero de lo que yo pensaba.

—No es mío. Me lo presta un amigo por el *weekend*. Anímate, anda.

—La verdad, *Careta*, me sorprende tanto interés. Después de lo que pasó, de lo que me dijiste... No entiendo.

Ruy Gómez, que escuchaba la conversación por el *speaker*, le hizo una seña que claramente significaba «ahora».

—Quítate la ropa y mírate en un espejo de cuerpo entero. Verás que entiendes.

La risa de Svetlana resonó en la habitación.

—Lo pensaré —dijo.

Ruy Gómez repitió el gesto.

—No lo pienses. Hazlo.

Luego de un largo silencio, ella dijo:

—Está bien. Pero sin gorro, ¿eh?

—Sin gorro. Dame tu dirección. Te recojo a las cinco. Nos podremos bañar antes que anochezca.

Tras un breve silencio, ella preguntó, de nuevo desconfiada:

—¿Quién te dio mi teléfono?

—Me lo buscó un amigo. Uno que es capaz de encontrar cualquier cosa.

Llegaron pasadas las seis de la tarde. Era una casa de dos pisos sobre pilares de concreto, como muchas en Key Largo. Parte del espacio entre las pilastras lo ocupaba un pequeño apartamento. A la derecha, junto a la costa, se extendía un baldío de varios centenares de metros. A la izquierda había una casa algo más pequeña, ocupada por un anciano, y al fondo se extendía un muelle en el que estaba atracado un yate de veinte pies, con una lancha Zodiac amarrada a la popa.

Lana recorrió el habitáculo, magníficamente amueblado, e inmediatamente comenzó a desnudarse. Antes de que terminara, ya *Careta* se había despojado del pantalón y el polo.

Debajo llevaba una trusa. Cuando ella se volvió, lista para la batalla, él estaba ya camino del agua.

—Ven —la llamó— Vamos aprovechar antes de que sea de noche.

—De noche podemos nadar en cueros —dijo ella, desnuda junto a la puerta— ven para acá ahora.

—No —dijo él con firmeza— De noche los tiburones se acercan a la orilla. Vamos a nadar ahora. Ponte la trusa y ven.

—¿Puedo bañarme en pelota?

—Ni hablar. Te podría ver el viejo de al lado y darle una *sirimba*.

Ella cedió, entre risas.

 Al ponerse el sol regresaron a la casa.

—¿Vamos a darnos una ducha juntos? —propuso Lana, zalamera.

—No —dijo él— déjame darme un trago para ponerme en forma.

Cuando Lana descorrió la cortina de baño *Careta* la esperaba con una gran toalla en las manos. La envolvió en ella, la alzó en brazos y la llevó hasta la cama. De pie, junto al lecho, le secó la espalda mientras la besaba en el cuello. Luego le tomó ambas manos y se las colocó suavemente sobre las nalgas. Entonces, ella sintió algo metálico que le apresó las muñecas. Lo empujó y se volvió. Frente a ella estaban dos hombres que no había visto nunca antes, que no volvería a ver cuando terminaran lo que iban a comenzar. Ambos parecían pasar de los sesenta, uno era alto, pequeño el otro, pero los dos eran muy fuertes.

—¿Esto qué coño es? —alcanzó a decir antes que una cinta adhesiva le cubriese la boca. Un instante después estaba acostada boca arriba en la cama, sus piernas sujetadas por el hombre alto, el cuerpo inmovilizado por las manos de *Careta*; entonces el otro le ligó el brazo derecho con una banda elástica y, con suma destreza, le aplicó una inyección en la vena que sobresalía. Luego le extrajo una pequeña cantidad de sangre. Antes de perder la conciencia, Lana pensó que aquel hombre debía ser un médico.

—Estamos a unas quince millas —dijo Ruy Gómez. —Vamos a soltarla aquí.

El médico dejó de canturrear tonadas guajiras y fue a lo suyo. Le quitó la sonda uretral a Svetlana, que ya había recobrado la conciencia y esperaba que le quitaran la banda que le impedía hablar. Cuando lo hicieron, dijo, sin alzar la voz:

—Te voy a matar, *Careta*. No sé cuándo ni cómo, pero te voy a matar. Te lo juro por Yemayá, mi madre. Me mandas a Cuba, ¿verdad? Ya salí una vez y volveré a salir. Ese día te mueres.

Él no contestó. Antes de subirla al yate la habían vestido con la misma ropa que trajo, un short de mezclilla y un polo sin mangas. Le pusieron un chaleco salvavidas. Luego que el médico le tomara la presión arterial y le auscultara el pecho, entre él y Ruy Gómez la levantaron y la dejaron caer en brazos de *Careta*, que estaba ya en la lancha Zodiac. Ella le escupió la cara una y otra vez; luego trató de morderlo.

Ruy Gómez descendió a la lancha, puso en marcha el motor y fijó el timón. A ella le ató ambas manos con inextricables nudos marineros a los elementos donde se colocaban los remos. Tenía suficiente capacidad de movimiento como para alcanzar el pomo de agua, pero no el inmovilizado timón de la Zodiac.

—Llama —dijo Ruy Gómez.

Careta llamó. Eran las cuatro de la madrugada, por lo que hubo de esperar mientras el timbre sonaba una y otra vez. Al fin, Rosa contestó.

—Oigo —dijo con un soñoliento murmullo.

—Rosa.

—¡Pero, muchacho! ¿Tenías que llamar a esta hora?

—Atiéndeme, Rosa. No me interrumpas. En una hora o poco más Lana llegará en una lancha. Avísales enseguida a los guardafronteras. Entrará por Guanabo, cerca del límite con Boca Ciega. Cerca de tu casa.

—Pero...

—Por favor, no me interrumpas. Tengo una mala noticia. Esta enferma. Tiene SIDA. Bueno, no está exactamente enferma, pero tiene el virus. Llama ahora a los guardafronteras. Te volveré a llamar desde Miami —de pronto, recordó; recordó lo que pensaba Rosa de aquella a la que había traído al mundo y el recuerdo le produjo una extraña incertidumbre— ¿Te vas a ocupar de ella?

Se hizo un breve silencio. Luego Rosa dijo algo que lo avergonzó:

—Yo pensaba que tenías mejor opinión de mí. Ella es mi hija. Y acabas de decirme que está enferma.

—Perdóname. Te llamo.

Ruy Gómez puso en marcha la Zodiac, que arrancó con una brusca sacudida, como un caballo al que liberaran del freno. Lana no había vuelto a hablar. Cuando la lancha se puso en marcha se volvió a mirar a *Careta*.

—Señorita Morell.

—Si, Ruy. Dime.

—Misión cumplida. Todo salió según los deseos de nuestro querido ahijado.

—Gracias, Ruy. Gracias. Eres un encanto.

—Eso ya me lo dijiste una vez, ¿te acuerdas? En San Juan, frente al castillito de San Jerónimo. Pero de nada me valió.

—No pienses en eso. Olvídalo. Ahora estás casado y eres feliz.

—No soy infeliz. Eso es lo máximo a lo que puedo aspirar.

—Bueno, Ruy, bueno. Gracias otra vez.

—Como dice Ester Sabina: *Anytime*.

—¿Quien es Ester Sabina?

—Una amiga mía que te presentaré un día de estos. *Bye*.

Volvió la paz. Su alegre vida andariega, sin miedos ni incertidumbres, interrumpida por la aparición de Lana, fue de nuevo la de antes. Lo sería durante varios años. Hasta que, cuando terminaba el siglo, Sofía murió. Murió cuando él esperaba que viviese muchos años, cuando le quedaba mucho por vivir.

Fue algo devastador para *Careta*. Desesperado, trató de asimilar el golpe durante varios días, hasta que decidió escapar como pudiera de su congoja, aunque fuese por unas horas. Como soportaba mal la bebida, decidió fumar un cigarro de marihuana. Luego salió a la calle.

No supo cómo llegó allí. Avanzaba por Flamingo Way cuando vio a su izquierda las verjas que circundaban el recinto del viejo hipódromo de Hialeah, cerrado hacía ya varios años. Entonces recordó a su padre.

Estacionó en una calle lateral y se dirigió a la verja. Era muy tarde y escaso el tránsito. Cuando no hubo nada ni nadie a la vista trepó por la verja y se dejó caer al otro lado. Ya dentro, avanzó lentamente en dirección a las gradas. En la laguna rodeada por la pista apenas se distinguían las formas rosadas de los flamencos que dormían en la orilla. Era un bello hipódromo, pensó. Su abandono le parecía sin sentido. Entonces encontró lo que buscaba. Ante él, en bronce, de tamaño natural, se alzaba la estatua de Citation, el más celebre de los caballos que allí habían corrido, ligado en su memoria al recuerdo de su padre.

Nada sabían de caballos, y menos de esos caballos. Nacidos y criados en una aldea azucarera del lejano valle de Nipe, jamás habían presenciado una carrera. Pero ambos leían aplicadamente las secciones deportivas de periódicos y revistas, y conocían nombres, no sólo de las estrellas de sus deportes favoritos; también de otros, pues lo leían todo. Sabían lo que era la Triple Corona del hipismo americano, los nombres de las carreras que la formaban, el Kentucky Derby, el Preakness y el Belmont Stakes; también sabían lo difícil que era ganar las tres. Ese día, en New York, se corría el Belmont Stakes y Citation, ganador de las dos anteriores, era el favorito.

—¿Cómo se pronuncia eso? —preguntó el niño blanco, hijo de un colono, uno de los terratenientes que abastecían de caña al central.

—*Sai tei shon* —contestó despacio el niño negro, hijo de un estibador jamaiquino; hablaba inglés desde que aprendió a hablar.

—Y, ¿qué quiere decir?

—Se lo pregunté a mi papá. —dijo Eddy— es algo así como... cuando un mandamás te manda a decir que tienes que ir a donde él está.

Martín perdió interés en la semántica inglesa.

—¿Ganará? —se preguntó con aire abstraído.

Sin saber por qué, Eddy contestó:

—Seguro.

—¿A que no?

—¿A que sí?

—¿A que no?

—Lo va a montar Eddy Arcaro —dijo Eddy Grant, orgulloso de su erudición hípica y de llamarse igual que el gran *jockey.*

—Como si lo monta Dios—dijo Martín, imitando a su abuelo materno, un valenciano que había peleado en la Guerra Civil por la República; ateo militante, siempre tenía a Dios en la boca.

—¿Qué te apuestas?

Martín hizo rebotar la pelota contra el piso de la cancha mientras consideraba el asunto. Al cabo dijo:

—Mi pelota. ¿Y tú?

Eddy se quedó sin saber qué decir. Nunca había tenido una pelota de *basketball*, ni esperaba tenerla.

—¿Diez pesos?—propuso tímidamente; era el sueldo que le pagaban a su padre por cargar sacos de 325 libras durante 8 horas.

—Va.

—Ahora no los tengo —dijo Eddy, temeroso de que la apuesta fuese anulada. No lo fue.

—Mañana me los traes —dijo Martín y tomó rumbo a su casa haciendo rebotar la pelota. —O si quieres hoy mismo, después de que pierdas.

Citation nunca había sido derrotado. Tampoco lo fue ese día. A la mañana siguiente, Eddy llegó temprano a la cancha. El otro ya estaba allí, lanzando la bola una y otra vez hacia el aro. El niño negro aún no podía creer que la pelota fuese suya, pero el niño blanco había sido educado en la honestidad. Cuando lo vio llegar, le lanzó la pelota y, sin decir palabra, se encaminó, enfurruñado, hacia su casa.

El pequeño Eddy Grant acarició la pelota, que lo acompañaría el resto de su vida. Años después, cuando el hijo que sospechaba que no era suyo, pero al que amaba, fue lo bastante grande como para manipularla, comenzó a enseñarle el juego con ella.

Careta se sentó en el borde del pequeño estanque en cuyo centro estaba el pedestal sobre el que se levantaba la estatua del caballo invencible. Lloraba. Lloraba por aquella madre postiza a la que acababa de perder. Por la que lo trajo al mundo y lo crió y un día desapareció para siempre. Por su padre, abandonado por ella y por él mismo. Cuando no le quedó llanto, buscó en el bolsillo de su camisa, saco la pequeña bolsa con marihuana y el paquete de papel, y armó un cigarro con la poca yerba que quedaba. Lo fumó hasta casi quemarse los dedos. Luego se dirigió a la verja, al lugar por donde había entrado.

A dos millas de allí, casi llegando al parque Amelia Earhart, lo detuvo un carro patrullero. Lo conducía una mujer. Una mujer que le pareció muy atractiva.

De estatura mediana, demasiado gruesa para el gusto anglosajón, era, en cambio, el ideal de la criolla hermosa. En aquella hermosura sobresalían unas nalgas impresionantes. Además, era bonita, a pesar del aire adusto que le daban unos pómulos pronunciados, con el rostro enmarcado con un abundante cabello castaño oscuro que resaltaban unos ojos intensamente verdes.

—*Sixty miles per hour* —dijo mientras lo observaba a través de la ventanilla después de saludarlo con un reticente *«Good evening, sir»* —*A little more, actually.*

—*I'm sorry, Officer* —dijo él, tratando de parecer lo más contrito posible.

—*May a have your driver licence, please?*

La oficial comenzó a llenar el formulario de la multa, lo cual le permitió contemplarla a su antojo. Era espectacular, pensó; en Miami le llamaban «espectacular» a todo lo que alcanzaba un nivel de excelencia. Entonces lo traicionaron la marihuana que llevaba dentro y la memoria. A su mente volvió una de sus conversaciones más alegres con el escritor enfermo, aquella en que le recitara una colección de nombres cargados de comicidad, entre ellos, el del científico alemán pionero de la Química Orgánica.

—*You know something, Officer? You remind me of someone who I heard about years ago.*

—*Really?*—contestó ella sin levantar la vista del formulario.

—*Yes. It's funny, because is a person without any relation to you. He was a German scientist.*

—*You don't say!*

—*Yes , mam'm. A chemist. I remembered him when I saw you because of his last name* —hizo una pausa y remató con el apellido del químico alemán, que parecía concebido para describir a la hermosa policía: —*Kekulé.*

La mujer detuvo su escritura y miró al suelo, los ojos entrecerrados. Se expresión se hizo más dura, pero *Careta* no estaba en condiciones de notarlo.

—*Never heard of him* —dijo ella al cabo.

Terminó de llenar el formulario y se lo entregó, junto con la licencia. Entonces llegó para Edward James —antes Malinowski— Grant, llamado por todos *Careta*, la hora de su cita con el destino. Acompañando las palabras con una amable sonrisa, y una leve y respetuosa inclinación de cabeza, le dijo:

—¿A que te muerdo una de tus nalgonas?

Con un movimiento que lo sorprendió por su rapidez, la mujer sacó la pistola y soltó varias órdenes que sonaron como disparos:

—*Get out of the car! Put your hands on top! Spread your legs!*

Cuando estuvo esposado le recitó la Declaración Miranda:

—*«You have the right to remain silent. Anything you say can be used against you in court. You have the right to talk to a lawyer for advice before we ask you any questions and to have a lawyer with you during questioning. If you cannot afford a lawyer, one will be appointed for you before any questioning if you wish. Do you understand?»*

En la estación de policía le esperaba otra sorpresa. Cuando le dieron a firmar el acta de acusación por amenazas a una oficial de la policía leyó el nombre de ella: Martha M. Rivera. Firmó el acta. Entonces la vio venir. Pasó frente a él sin prestarle atención, como si nunca lo hubiese visto.

—*Officer.*

Sólo entonces ella se dignó a mirarlo.

—*Yes?*

—*May I ask you a question?*

—*Sure. Go ahead.*

—*Do you speak Spanish?*

—Desde niña. Nací y me crié en El Barrio.

Careta sonrió. Fue una sonrisa triste. No sabía lo que era El Barrio, pero tampoco necesitaba saberlo. Parecía que aquella que había adoptado como madre se había llevado consigo la buena suerte.

—*Thank you, Officer.*

—*You're welcome* —dijo ella antes de darle la espalda y después de observarlo con detenimiento durante varios segundos.

Lo llevaron al centro de detención del *Dade County* Court *House*, conocido como «Cielito Lindo» por estar a veinte pisos sobre el nivel de la calle. Allí debía permanecer hasta la mañana siguiente, cuando lo llevarían ante el juez que fijaría la fianza.

En aquella celda de «Cielito Lindo» lo esperaban una amistad y un nuevo desastre. La amistad era un muchacho de eso que llaman «tipo latino», detenido por una reyerta. No llegaba a los seis pies, pero era muy corpulento, con un cuello y unos brazos que le hubiesen quedado bien a alguien mucho más alto; «Zach Thomas», pensó *Careta*, recordando al pequeño y poderoso *middle linebacker* de los Miami Dolphins. El desastre lo encarnaban tres negros americanos que estaban sentados en el otro banco. Sin pensarlo dos veces, como guiado por un hado fatal, se sentó junto a ellos en vez de hacerlo junto al «latino». Quizás lo hizo porque no tenía ganas de hablar.

Al rato trajeron a un nuevo detenido, otro negro. Este era poco menos que gigantesco. Aunque había espacio de sobra en el banco donde estaba el otro muchacho blanco, se dirigió a donde estaba sentado *Careta*.

—*Get your ass some other place, whitey* —dijo plantándose ante él.

Careta apenas lo miró al responderle en un tono igualmente agresivo:

—*Come on, Washington. Leave me alone.*

La abundancia entre los negros americanos del apellido prócer hacía que los cubanos los llamaran así, lo cual, quién sabe por qué, no era bien recibido entre los hipersensibles morenos.

—*My name is not Washington, whitey* —susurró amenazador el negro.

—*I don't give a shit about your fucking name, boy. Beat it.*

El recién llegado lo tomó por las solapas del *jacket* y lo obligó a ponerse de pie. Un momento después lo soltó: *Careta* le había pegado con ambos puños en las costillas. El negro retrocedió, tomó unos instantes para recuperarse de los golpes y luego se lanzó contra él. Pero esta vez no estaba sólo; dos de los otros negros se sumaron al ataque. La pelea fue breve; el de aspecto «latino», que se había puesto de pie al escuchar la palabra «boy», intervino; tomó por el cuello a uno de los negros y lo lanzó al otro extremo de la celda. Luego se hizo cargo del agresivo recién llegado y dispuso rápidamente de él. En medio de la trifulca, *Careta* tuvo tiempo para considerar que aquel muchacho que parecía tan fuerte era aún más fuerte de lo que parecía. Su fuerza descomunal y la furia de *Careta* dejaron a los tres negros en el suelo; pero uno, el que había iniciado la pelea, no se levantó: tenía fracturada la base del cráneo. Lo trasladaron con urgencia al afamado *Ryder Trauma Center* del hospital Jackson Memorial, pero la premura y la fama resultaron inútiles. Murió.

Tras la instrucción de cargos, Avenando se presentó con el dinero para la fianza... y algo más:

—¿Qué *e's'eto, compay*? *Uté* no *epera* a salir de un lío para meterse en otro.

—Me había fumado un pito —susurró *Careta*. —En realidad, dos.

—¿También eso? ¡Qué bien! Una noche *etelar*: marihuana, *eseso* de velocidad, *conduta irrepetuosa* con una oficial de la policía, un negro muerto...

—¿De dónde sacaste el dinero?

—Yo puse una parte, su padrino y el médico amigo suyo pusieron otra, y lo *demá* lo saqué de una *coleta.*

A *Careta* aún le quedaban ganas de bromear. Recordó cuando Avenant cruzaba la frontera cerca de San Diego sólo para asistir a una corrida de toros:

—¿Asaltaste a un torero en Tijuana?

—No se me haga el gracioso a *eta* hora, que no *etoy* para reírle *la gracia.* Llevé un *fraco* a la base y le pedí a *lo s'otro ratrero* que cooperaran para la fianza. Se portaron bien. Lo llenaron de *dólare.*

Careta, que no acababa de comprender lo que se le venía encima, insistió en bromear:

—¿Un *fraco*? ¿Qué clase de animal es ese?

—Hablo de un recipiente de *crital* que *ante* contuvo mermelada de guayaba —contestó pacientemente *el Santiaguero.*

Lo que había comenzado con dos cigarros de marihuana terminó en una condena a cinco años por homicidio involuntario. El negro que no había participado en la pelea testificó bajo juramento que los *Cubans* habían provocado y atacado al *brother.* Los otros *brothers* habían tratado de defenderlo, pero *the Goddamned Cubans... Sorry, Your Honor. I mean the Cubans. They were too strong.*

F ue en la cárcel de Belle Glade, cerca del lago Okeecho-
bee, donde comenzó la amistad. Con amplios conocimientos en el manejo de las computadoras, el forzudo fue
destinado a la oficina del penal. Allí, al leer, por curiosidad, el
expediente de su inesperado compañero de infortunio, supo
que había nacido en Holguín.

—¿Eres de Holguín?—le preguntó, en español, la próxima
vez que se encontraron en el patio; hasta entonces, sólo lo
había escuchado hablar en inglés.

—Nací en Holguín, pero mi familia se fue para La Habana
antes de que yo cumpliera un año.

—Mi abuelo era de Victoria de Las Tunas y estudió en un
colegio de Holguín —dijo el involuntario matador; luego le
extendió la mano. —Mis amigos me dicen *el Gu.*

—¿*El Gu*? ¿Qué significa eso?

—No sé. Así le decían a mi abuelo en ese colegio. Creo
que tenía que ver con lo fuerte que era, pero él nunca me lo
dijo. Me parezco mucho a él y heredé el apodo.

Se hicieron amigos. Muy amigos. Andaban siempre juntos
y se hicieron temer, algo importante cuando se vive rodeado de
gente mala y violenta. No pasó mucho tiempo antes que *Careta*
recibiera la visita de Avenant.

—¿*Y entonce*?

Así comenzaba *el Santiaguero* sus conversaciones cuando
no estaba seguro de cuál era la mejor manera de comenzarlas.

—Aquí me ves. ¿Cómo decía tu abuelo catalán?

—*Fotut et mal pagat.*

—Así estoy yo. Jodido y mal pagado.

—¡Cinco *año*! Realmente *fotut*, pero no *mal pagat.* ¡*Uté*
hace cada cosa!

—Cuando murió mi madrina se me plantó un chino detrás —contestó *Careta* apesadumbrado, aludiendo al símbolo cubano de la mala suerte.

—Y no un chino cualquiera. Debe ser el *epíritu* de Mao Tse-Tung, por lo *meno.* O la Banda de *lo Cuatro* completa.

—Así parece.

—Bien. *Ante* de que se me olvide: *etuvo* a verme la oficial.

—¿Qué oficial?

—¿Qué oficial va a ser? La que lo metió en *cana* cuando *uté* le faltó al *repeto.*

—¿Yo?

—*Uté. Uté mimo.* ¿Ya se le olvidó? Primero se hizo el gracioso con el tal Kekulé y luego le dijo que le iba a morder una de *su nalga.* Por cierto: ¡qué *nalga!*

—Fue una broma.

—Una broma habanera, marihuánica y de muy mal *guto.*

De pronto, *Careta* quedó pensativo.

—Oye —dijo— ¿Por qué te fue a ver? De dónde te conoce?

—Cuando se enteró, no sé cómo, de su nuevo lío, *bucó* su *epediente,* vió que era codueño de una *ratra,* averiguó el nombre y la *direción* del otro dueño, y cuando regresé a Miami se me apareció en la casa.

—¿Para qué?

Avenant se permitió una pausa meditativa.

—*Etá* muy *trite.* Sería mejor decir acongojada. Dice que lo que pasó no hubiera pasado si ella no lo hubiese detenido, que fue demasiado dura con *uté,* que lo sentía mucho, *ecétera, ecétera.* Yo le dije que no se atormentara, que *uté* era un delincuente nato y que tarde o temprano tenía que terminar así, que su *detino manifieto* era el tanque y...

—¡No jodas que le dijiste eso!

—*Debí* decírselo cuando la vi tan *trite.* Con *lágrima* y todo. Y yo con *gana* de consolarla porque, óigame, *compay,* ¡que clase de hembra! Como para dejarla sin un pliegue en el *reto.*

—¿El reto? ¿Qué reto?

—¿No sabe lo que *e s'el reto*? *Ma s'inorante* que *uté,* ni *Sócrate,* que decía que no sabía nada. El *reto, compay,* el *etremo* final del *intetino* grueso.

—Ah. Y, ¿no trataste de consolarla?

—Ni lo intenté. Parece que su *guto* para *lo varone* no tiene la *mima* calidad que su anatomía, y el que le interesa *e s'uté.* ¡Mire que preferir a un *jabao* carifeo teniendo delante a semejante blanco! Pero de que lo prefiere, lo prefiere. Tomarse el trabajo de averiguar todo lo que averiguó y de venir a verme sólo para hacerle llegar su arrepentimiento... ¡Vea!

Careta quedó en silencio. Avenant lo dejó reflexionar

—¿Es cubana? —preguntó de pronto.

—Boricua —dijo Avenando— *Newyorican*, para ser *esato.*

Entonces recordó. «El Barrio» que ella había mencionado era el Harlem hispano.

—Dame una vuelta de vez en cuando —pidió cuando llegó la hora de despedirse.

—No se preocupe, *compay* —dijo *el Santiaguero* — y, por favor, deje eso de *etar* matando *negro.* Dedíquese a otra *atividá meno conflitiva* —Hizo ademán de levantarse, pero lo dejó inconcluso. —La semana *prósima* lo viene a ver su padrino, el viejo come-candela. Me dijo que le dijera que ha *etado* muy complicado.

—Dile que no venga —contestó rápidamente *Careta.*

—¿Por qué?

—Otro día te explico. Pero díselo.

Esa noche, en su celda, pensó largamente en la oficial. No había olvidado su nombre: Martha. Pocos días después tomó forma la idea de la huída.

Llevaban varias horas escondidos entre la basura, las caras cubiertas por máscaras amarillas que filtraban el aire y les permitían soportar el hedor, cuando escucharon el inconfundible sonido de una bocina de tren. Ningún tren pasaba por las cercanías del basurero, de modo que aquella bocina no podía ser otra que la que Avenant había instalado en el techo del camión.

—Llegó la *ratra,* como dice mi socio *el Santiaguero*

—¿La qué?

—El camión-remolque. Míralo.

Se detuvo a unos cincuenta metros. Dos hombres bajaron de la cabina. Uno de ellos levantó la cubierta del motor y comenzó a examinar el interior con una linterna. El otro trepó al remolque, un tanque para transportar gasolina y abrió la escotilla que permitía el acceso a su interior.

Careta y *el Gu* corrieron hacia el camión. Al salir de entre los desperdicios se quitaron rápidamente la ropa de presidiarios, pero aún así olían a cosa descompuesta, lo cual inhibió los abrazos.

—¡Que peste! —comentó alegremente el que debía ser el padre del *Gu.*

—Ni el Che Guevara —dijo Avenant tapándose la nariz —Ni *la cutara* de Fidel *Catro.*

Mientras, sin hacer caso a los comentarios, los dos prófugos se habían vestido con sendos trajes termostáticos y colocado caretas de buceo. Ya equipados, treparon a lo alto del tanque y desaparecieron por la escotilla.

Apenas se sumergieron en el líquido que llenaba el tanque supieron que era agua. Una potente linterna les reveló el interior. Adosados a la parte delantera había dos grandes cilindros de oxígeno. Los probaron. Luego subieron hasta la escotilla y la abrieron. Una pequeña pieza metálica permitía mantenerla entreabierta. Se agarraron a los bordes y comenzó el viaje hacia la libertad.

Poco antes de llegar a Panama City sus caminos se separaron. Muy cerca de la carretera secundaria por la que transitaban se veía un campo de aterrizaje. En el extremo de la pista de tierra estaba una avioneta Piper Comanche.

Los dos fugitivos salieron del tanque y se cambiaron rápidamente de ropa. *Careta* cubrió su cabeza afeitada con una peluca y se colocó unos bigotes. Luego se despidieron con un abrazo. Su relación había sido fatal para ambos, pero ninguno de los dos tenía la culpa y entre ellos había afecto. *Careta* subió a la cabina.

—¿De dónde sacó ese gorila?—preguntó Avenant, mientras ponía la rastra en movimiento.

—No lo llames gorila. Es mi amigo.

—*Etá* bien. ¿De dónde sacó ese orangután?

—Es el que me ayudó cuando los negros me atacaron.

—Tanto lo ayudó que *lo do* terminaron en el talego.

—Fue la mala suerte. Las cosas salieron así.

Avenant miró hacía la pista, cuyo extremo ya rebasaban. El Comanche se elevó y comenzó a trepar.

—¿A dónde va? Si lo sabe y lo puedo saber yo.

—A México.

—El padre casi no habló durante el viaje, pero me pareció cubano.

—Cubano es. Nada menos que de tu tierra.

—¿De Santiago de Cuba?

—De Las Tunas. *El Gu* me dijo...

—¿El qué?

—*El Gu.* Así le decían a su abuelo y así le dicen a él.

—Y eso, ¿qué *sinifica*?

—Ni él mismo lo sabe.

—*Quizá* su familia vino de Guzilandia, la tierra de Trucutú. Tiene *apeto* de cavernícola.

Careta bajó el quitasol y se miró en el pequeño espejo que había en su parte interior. Los largos cabellos rubios y el copioso bigote del mismo color armonizaban con su piel y sus ojos.

—Parezco un vikingo —dijo.

—Seguro —contestó Avenant— Igualito a Häggar *the Horrible.* Sólo le faltan el *caco* con *lo tarro* y el *ecudo* averiado.

Cuando tomaron de nuevo por una autopista, *el Santiaguero* emitió un suspiro que parecía salido de lo más profundo de su alma burguesa.

—¡Ay, *Dio* mío! —murmuró en tono quejumbroso— *Eto e* defecar y no ver el *ecremento.*

—¿Qué te pasa ahora, *asere*?

Avenant dedicó unos instantes a ordenar sus pensamientos. Pocos, que claro estaba para él lo que iba a decir.

—Me pasa que quisiera saber qué hago yo, un muchacho de *la mejore familia* de Santiago de Cuba, con casa en *Vita* Alegre y en el Cayo, participando en la fuga de *uno criminale convito.*

—¿*Convito*?

—*Convito*, si, señor.

—¿Con Vito Corleone?

—Para *potre*, un pujo habanero.

Se despidieron frente a la estación de trenes de Seacaucos, en New Jersey.

—Recuerde: no quiero *ma negro muerto.*

Careta levantó la mano derecha en el gesto que se utiliza para los juramentos.

—No volveré a matar un negro en mi vida.

—Me parece muy bien. Matar *negro* no *e* políticamente *correto.* Si puede evitarlo, tampoco mate *boricua* ni *dominicano.* Y *aminitre* bien *lo peso*, que nunca se sabe cuando *lo* va a necesitar.

—Y tú, cuida la *ratra* —dijo *Careta* desde la acera.

En la cabina, Avenant había quedado meditabundo. Un prolongado suspiro, y dijo:

—Cuídese *uté, compay*. Cuídese, que la mala suerte lo persigue. *Diparate* aparte, se puso fatal con esa policía. Parece buena persona, pero ese día *etaba pueta* para la guerra. Luego le tocó una jueza que se la regalo.

—Tremenda bruja.

—¿No fue esa la quería meterle quince *año* a Canseco por una bronca de *cabaré*?

—No. Fue un juez, no una jueza. Uno de apellido alemán o algo así.

—Le voy a mandar un regalo a esa señora.

—¿Un regalo?

—Si. Voy a regalarle una maraca.

—¿Una maraca? ¿Para qué?

—Para que se la meta en el fondillo y pueda *difrazarse* de serpiente de *cacabel* en *lo carnavale* de la calle 8.

—¡Ayyy, *asere*! ¡Qué buena idea! Aunque… no; en los carnavales de la calle 8 nadie se disfraza.

—*Entonce*, que la use en *Halloween* —dijo Avenant poniendo en marcha el enorme camión.

Muchos años pasarían antes de que volvieran a verse.

El mundo marginal americano le era familiar a *Careta*. Lo había visto en el cine, en los programas La Película del Sábado y Tanda del Domingo que trasmitía semanalmente la televisión cubana, con video-*cassetes* robados en los Estados Unidos por los agentes castristas. Ya había visto aquellos negros, a los llamados «latinos», casi siempre mulatos y mestizos, a los llamados *white trash,* blancos degradados. Los había visto en las pantallas y en la cárcel; pero en las calles resultaban mucho más siniestros.

El Gu, nacido y criado en los Estados Unidos, tan americano como cualquiera a no ser por su español casi perfecto, estaba dispuesto a vivir expatriado el resto de su vida con tal de ser libre. *Careta*, que venía del infierno, no quiso ni considerar la idea de irse a vivir a otra parte. No podía acostumbrarse a la idea de haber perdido lo que para él era poco menos que el Paraíso. Para su desgracia, el propio nivel alcanzado por la sociedad americana hacía sumamente difícil una clandestinidad perpetua. *Careta* comprendió que su fuga había sido un error. Como consecuencia, desechó la peluca y los bigotes rubios, aunque no volvió a afeitarse la cabeza. Sus duros rizos volvieron a crecer.

Durante dos meses deambuló por la ciudad abrumada por la reciente debacle de las Torres Gemelas; por El Bronx, Brooklyn y el *Spanish Harlem,* eso que los boricuas llamaban El Barrio; por los pueblos de New Jersey ribereños del Hudson. En El Barrio estaba cuando recordó a la bella policía. Esa noche la llamó desde un teléfono público.
—*Hello.*
—*Officer Marta Rivera?*
—*This is she.*

Colgó. En ese momento concibió la idea de entregarse a ella. Pero para cumplirla necesitaba llegar a Miami.

La noche siguiente tomó el *subway* hasta Battery Park y luego el *ferry* de Staten Island.

Aquella era la casa. Ascendió por las empinadas escaleras hasta llegar al portal del primer nivel. Recordaba que la edificación incluía dos viviendas, aunque a la del piso bajo no se le daba ese empleo. Tocó el timbre de la puerta situada al final del portal.

—*Who is it?* —preguntó una suave voz femenina.

La voz parecía venir del portal superior. *Careta* salió al aire libre y miró hacia arriba. Una cabeza de negros cabellos sobresalía de la baranda. Aquella cara no era la que él recordaba.

—*Hi. I'm looking for the Mendoza family.*

Él había pulido mucho su inglés, pero no lo suficiente como para que su acento pasara inadvertido a alguien que había crecido en New York. La mujer lo observó un instante. Luego dijo, en español.

—Ya no viven aquí. Se mudaron a Pennsylvania —la expresión de desconcertado desconsuelo que provocó su información pareció conmoverla. —¿Es amigo de ellos?

Sin mirarla, él dijo:

—Era amigo de alguien que era amiga de ellos. Me hospedaron unos días aquí —agregó, señalando la vivienda del piso inferior— ¿Podría darme su nueva dirección?

—No la tengo —dijo la mujer— en realidad, apenas los conocí —sin darse cuenta, comenzó a tutearlo— Como en tu caso, eran amigos de un amigo.

—Bueno —dijo el joven— perdone la molestia.

Comenzó a descender la escalera. La voz de ella lo detuvo.

—Tú eres cubano —dijo; no fue una pregunta.

Careta miró hacia arriba y asintió con la cabeza. Su evidente desolación hizo que ella se pusiera en marcha.

—¿No quieres subir? Podríamos llamar al amigo que me presentó a los Mendoza. Él debe tener la dirección y el teléfono —al verlo vacilar, insistió— Vamos, sube.

Su cabeza desapareció y unos segundos después se abría la puerta que daba acceso al segundo piso. Ella le extendió la mano. Parecía estar cerca de los cincuenta; era bonita, de grandes ojos oscuros y una buena figura que comenzaba a redondearse.

—Ester Sabina —dijo.

Él apretó la mano extendida.

—*Careta*—dijo sin pensarlo dos veces.

—¿Qué?

Él sonrió y repitió la explicación tantas veces dada. Subieron la empinada escalera que daba acceso al segundo nivel.

—Siéntate —dijo ella—¿Un café?

—Sí, gracias.

Ella fue hasta la cocina y preparó la cafetera. Cuando regresó a la sala, ya estaba lista para entrar en acción. Marcó un número y, quién sabe por qué, activó el *speaker*.

—*Hello* —dijo una voz masculina.

Ella contestó con una frase que a *Careta* le pareció absurda:

—*Keep the cow.*

—¡Mi amiguita! ¿Cómo estás?

En la voz del hombre parecía haber alegría, pero ella repitió la frase sin sentido con inequívoca impaciencia.

—*I said keep the cow, damm it!*

Una carcajada resonó en el *speaker*. Luego la voz dijo otra frase parecida, también indescifrable; se trataba, sin duda, de una contraseña:

—*O.K. Keep the barge.*

La mujer sonrió y dijo, dulcemente.

—¿Qué pasa, tú?

—¿Cómo está mi hermanita postiza?

—Bien. ¿Y el familión?

—Creciendo. En cuatro meses llega el segundo nieto.

—¿Varón o hembra?

—Varón.

—Completa la pareja. ¿Cuándo vienes?

—Para la Serie Mundial. Si es que ganan los Yankees en la Liga Americana.

—Seguro que ganarán. Te espero.

—Vamos a ver. A lo mejor...

—¡Ningún «vamos a ver» ni «a lo mejor»! Ya está bueno de supersticiones. En esta casa no hay fantasmas. Esa mujer que murió aquí era una asesina, y si no la matas, ella hubiese matado a los Mendoza. Desde que les compré la casa no has venido a visitarme ni una sola vez. Ya basta de eso.

Al otro lado de la línea hubo una pausa.

—Está bien.

—Trae a Mariana para que te proteja de los malos espíritus. Me la llevaré conmigo mientras tú estás en la pelota.

—Está bien —repitió el hombre.

—*OK*. Necesito el teléfono de los Mendoza. ¿Lo tienes?

—Sí. Espera.

Tras una pausa, la voz dictó diez números.

—¿Pasa algo con la casa? —preguntó después.

—No pasa nada. Nada de nada. Te llamó antes de la Serie. Un beso.

—*Bye*. Se te quiere.

La mujer colgó y se volvió hacia él; parecía muy contenta con resolverle un problema a aquel desconocido.

—Aquí está el número. Llama.

Careta pulsó los once dígitos y esperó. El timbre sonó sólo cuatro veces.

—Hi —dijo una voz de mujer— *You have reached Daniel and Amelia. We will be in Europe until October. Please, leave your message and we'll return your call as soon as we come back.*

El rostro del joven se demudó. Colgó lentamente y quedó de pie ante la mujer con un aspecto de total desamparo. Ella, sin comprender la causa de tanta aflicción, intentó consolarlo.

—Quizás yo pueda ayudarte en lugar de ellos —dijo— ¿Qué es lo que necesitas?

Se observaron mutuamente con atención; también con mutua simpatía.

Usted parece buena persona —dijo él.

Ella sonrió.

—Esa es una opinión bastante extendida, pero no puedo decir que sea unánime —de pronto, se le iluminó el rostro con la expresión del que busca y al fin encuentra— oye, ¿tú no eres el jugador de *basketball* que se les escapó a esa gente hace unos años? ¿El que era hijo de otro jugador que había sido una estrella y entonces era dirigente de no sé qué? ¡Claro! No sé cómo no te reconocí antes con ese nombre tan extraño que llevas. ¡Rokosowski, por Dios!

—Malinowski —dijo él tratando de sonreír.

—Anjá. Yo sabía que había un mariscal ruso al retortero.

—Ya no me llamo así. Cuando me bauticé tomé el nombre de mi padre, Eduardo, y el del padre de mi madrina, Jaime, y lo mismo al pedir la ciudadanía. En cuanto a mi escapada, pensé que ya nadie se acordaba de eso.

—Pues yo me acuerdo. Soy periodista. Quise hacerte una entrevista entonces, cuando escapaste de esa gente, pero no pude dar contigo. ¿Qué te parece si la hacemos ahora?

Careta movió la cabeza en un gesto de triste negación. Recogió su mochila.

—Ya no se puede.

—¿Por qué?

Tras una larga pausa, que ella no interrumpió, él dijo:

—Porque ahora soy un convicto prófugo, señora. Lo único que debo hacer es irme enseguida de aquí y no buscarle problemas.

La mujer le cerró el paso hacia la escalera.

—¿Qué historia es esa? ¿Un convicto prófugo?

—Me fugué hace dos meses de la cárcel de Belle Glade, en la Florida.

Ella pensó que nunca había visto una persona tan joven y al mismo tiempo tan cansada.

—¿Por qué estabas preso?

—Homicidio involuntario. Me detuvieron por un problema menor y en la celda donde pasaba la noche se armó una bronca con unos negros. Otro cubano me ayudó. Uno de los tipos murió. Fractura en el cráneo.

—¿Lo mataste tú?

—No. El otro. Era un tipo muy fuerte. Pero la pelea se armó por causa mía. El otro cubano sólo quiso ayudarme cuando los prietos me cayeron en pandilla. Juntos nos condenaron. Juntos nos escapamos. Pero esto de andar fugitivo no es para mí. Prefiero entregarme, cumplir y empezar de nuevo. Tendré..., no sé, menos de treinta y cinco cuando salga. Muchos cubanos han comenzado a vivir de nuevo después de los cuarenta.

Ella señaló con un gesto el sillón donde *Careta* había estado sentado.

—Siéntate, por favor. Te traigo el café. ¿O prefieres un trago?

Él negó con la cabeza.

La periodista volvió de la cocina con dos tazas. Bebieron el café en silencio. Luego, ella dijo:

—Y los Mendoza, ¿qué pintan en este asunto? No te sientas interrogado. Contéstame si quieres contestar.

—Quiero. Yo estuve en esta casa con quien era algo así como mi madre adoptiva, que era muy amiga de ellos. Fue la muerte de ella la que comenzó lo que fue una cadena de desgracias. Pensé que quizás pudieran ayudarme a llegar a Miami. Sin documentos no puedo comprar un pasaje y no quiero irme de polizón en un tren de carga ni haciendo *auto-stop*. No quiero arriesgarme a que me detengan en el camino por cualquier cosa. Iba a pedirles que alquilaran un carro y me llevaran. Yo lo hubiese pagado. Todavía me queda algún dinero.

—Me parece muy bien que te entregues, pero no necesitas ir a Miami. A tres cuadras de aquí está la jefatura de policía de Staten Island. Si quieres, puedo acompañarte.

—No —dijo él moviendo la cabeza en un repetido gesto de negación— Quiero ir a Miami. Quiero entregarme a la misma oficial que me detuvo.

—¿Por qué?

Careta alzó los hombros mientras miraba al suelo.

—Supongo que por venganza. Nada de esto hubiera pasado si ella se limita ponerme un *ticket*. Pero se ofendió por algo que le dije, algo que no debí haberle dicho, pero que tampoco era para tanto; me detuvo y ahí comenzó la desgracia. Ella sabe que me llevó demasiado recio. Me lo mandó a decir con un amigo. Se tomó el trabajo de averiguar sobre él nada más que para mandarme su historia de arrepentimiento. Pues para que se arrepienta más, quiero que sea ella la que me detenga por segunda vez.

La mujer quedó en silencio unos instantes.

—No sé si podría llevarte yo. Tengo libres los sábados y domingos, pero el sábado no puedo viajar. ¿Tienes manera de localizar a esa oficial?

—Tengo su dirección y el teléfono de su casa; también el de la estación a la que está asignada.

—Quizás deberías llamarla.

—¿Llamarla? ¿Para qué?

—Para que le digas lo que me has dicho a mí. A ver cómo reacciona. ¿Qué? ¿Te parece bien?

—La verdad es que sí. Parece una buena idea.

—Pues vamos —dijo ella poniéndose de pie.

—¿A dónde?

—A la terminal del *ferry*. Hay toda una batería de teléfonos y mucha gente. Por si algo sale mal con ella. Vamos.

Mientras recorrían las cinco cuadras hasta la terminal la periodista aprendió todo lo que tenía que aprender sobre su inesperado huésped; quizás algún día escribiría sobre él, pensó. Se veía tan acosado, tan indefenso, a pesar de su juventud y de su físico atlético, que decidió alertarlo sobre algo que parecía no haber tomado en consideración.

—¿Has pensado en que podrían deportarte después de cumplir la condena? Hay una ley que dispone la deportación de extranjeros que hayan cometido delitos graves.

Él tardó en contestar.

—¿Usted creé que me deportarían? Soy ciudadano americano.

—Podrían quitarte la ciudadanía.

Careta miró hacia la bahía con tal expresión de congoja que ella lamentó haber mencionado la posibilidad de deportación. Pero era necesario. Se le hacía evidente que aquel joven no era un delincuente y que su actual condición de prófugo de la Justicia era producto de un cúmulo de desgraciadas casualidades. Se sorprendió a sí misma sugiriéndole insistir en la huída.

—¿Por qué no te vas a otro país? Aquí sólo tienes dos caminos, la cárcel o... esto que tienes ahora.

—No —dijo suavemente Careta— este país es mi lugar. No sé bien ni por qué, pero es mi lugar.

Tras un largo suspiro, Ester Sabina dijo:

—Yo he vivido aquí casi toda mi vida y siento que mi lugar es Cuba, de la que casi no recuerdo nada.

En el salón de la terminal, ella lo condujo hasta los teléfonos. *Careta* marcó el número de teléfono celular que le había dado Avenant.

—*Hello.*

—*Officer Rivera?*

—*This is she.*

—Soy yo.

Al otro lado de la línea hubo un largo silencio.

—¿Quién es «yo»?

—Un pobre tipo al que le asesinaron a la única madre que tuvo y para consolarse fumó marihuana y la marihuana lo llevó a correr por la avenida 37 de Hialeah y una policía lo detuvo, y la marihuana volvió a actuar y le dijo a la policía que le iba a morder lo que más le destacaba. Se lo dijo de broma, creyendo que ella no entendía español, y ella... ¿Todavía no me recuerda?

Otro largo silencio.

—¿Dónde está? En New York, ¿verdad?

—En New York. No sé si sabrá que estoy prófugo. Quiero entregarme. A usted.

—¿Por qué a mí?

—Porque sí. Si no quiere, dígamelo ahora. Estoy frente a una estación de policía.

Careta sintió la respiración de la mujer.

—No —dijo ella— ¿Tiene dinero? Quiero decir, para el pasaje.

—Usted sabe que ahora no se puede comprar un pasaje de nada sin un *ID*.

—Es cierto. Bien. ¿Puede llamarme mañana a la misma hora?

—Si es mucha molestia, dígamelo. Desde aquí estoy viendo a los *cops*.

—No. Llámeme mañana. *OK?*

Él colgó, más sorprendido que esperanzado. Nada esperanzado, en realidad. Ester Sabina, en cambio, quedó encantada con la conversación cuando él se la contó.

—Gracias, señora —le dijo él al notar su alegría.

—¿Por qué? Todavía no he hecho nada por ti.

Careta sonrió. Era su larga sonrisa carnavalera.

—Que se haya interesado por mí ya es mucho. Adiós.

Ella lo detuvo agarrando una manga de su chaqueta.

—¿A dónde vas?

—A comer algo y luego buscar dónde dormir.

—Puedes comer y dormir en mi casa —soltó la manga y echó a andar— Vamos.

Quedó inmóvil mientras la miraba alejarse. De pronto, ella se dio cuenta de que él no se había movido.

—¡Vamos! ¿Qué esperas?

Ascendieron en silencio por la prolongada rampa que llevaba a la calle Richmond Terrace. Ella caminaba abstraída, como pensando en algo importante.

—¿Sabes una cosa? —dijo de pronto— Hay algo que obra en tu favor en lo de la deportación, y es que, como dice esa gente, «desertaste de una delegación oficial». Allá es un delito político. Eso y el hecho de que te entregues por tu propia voluntad pudieran beneficiarte. Sí —dijo con una sonrisa radiante— Ya verás. Aunque no sé por qué nos preocupamos; no creo que ese animal viva cinco años más.

Camino de la casa ella entró en una cafetería Subway y compró tres enormes *sandwichs* y una caja de *donuts*.

De regreso, le mostró un cuarto, el más cercano a la escalera.

—Dormirás aquí hasta que te pongas de acuerdo con tu policía. No salgas de la casa. No salgas ni al portal mientras haya luz. Vamos a ver qué pasa mañana. Yo me voy a trabajar a las nueve. Ah, puedes comer lo que se te antoje del refrigerador, pero te advierto que es comida *kosher* —como él la mirase sin comprender, añadió: —Yo soy judía.

Por primera vez desde la noche fatal, *Careta* se sintió feliz. Fuera de su madrina muerta y de Avenant, nadie había mostrado tanto interés en su suerte como aquella extraña desconocida.

Al día siguiente, cuando ella regresó de su trabajo, salieron enseguida a llamar. No desde la terminal del *ferry*: ella decidió cambiar el punto de llamada. Tomaron el carro que guardaba en un *garage* cercano y se encaminaron a New Jersey. Tan pronto cruzaron el puente Bayonne, Ester Sabina encontró una cabina de su gusto y estacionó frente a ella.

—*Hello* —contestó una voz cuya dueña no estaba interesada en disimular su ansiedad.

—Soy yo —dijo *Careta*.

—Bien. Puedo recogerte el sábado.

Lo había tuteado por primera vez.

—Hoy es lunes.

—Ya sé que es lunes. Antes no puede ser. Tengo libre el próximo *weekend.* Tomaría un avión el sábado, alquilaría un carro, te recogería y volveríamos por carretera. ¿Está bien?

—Está bien.

—¿Dónde te recojo?

Tapó el auricular y se volvió hacia Ester Sabina.

—Viene el sábado ¿Cuál sería un buen lugar para que me recogiera?

Ella ya había escogido el lugar:

—*Grand Central*. En la rotonda que está en el vestíbulo.

—En la estación *Grand Central*. Hay una rotonda...

—Yo sé lo que hay y lo que no hay en *Grand Central* —dijo ella con leve irritación —Llego al aeropuerto de Newark a las cinco; puedo estar en *Grand Central* antes de las siete. Aunque..., creo que sería mejor recogerte en un lugar al que pudiera llegar directamente con el carro. No sé si me entiendes: llegar, parar y que te subas. Podría ser en la entrada de *Grand Central*, por la calle 42.

—Déjeme pensar —dijo, y volviéndose hacia su inesperada amiga: —Prefiere un lugar donde pueda pasar con el carro y seguir.

Ella tomó de inmediato una decisión:

—En la acera del *stadium* que está cerca de mi casa.

Careta dudó.

—La estación de policía está muy cerca.

—Mejor. A ningún *cop* se le va a ocurrir que un prófugo ande por las cercanías como Pedro por su casa.

Él destapó el auricular.

—Delante de un estadio que hay en Staten Island, frente a la bahía, al lado de la terminal del *ferry.*

—Perfecto. Está cerca de Newark. Allí estaré el sábado entre las seis y las seis y media. Estés donde estés, trata de salir lo menos posible a la calle, *OK?* Cualquier cambio, cualquier variante, llámame. Si no contesto, repite la llamada; no dejes mensaje.

—No creo que haya cambios.

—Mejor así. *Bye.*

Tras colgar, *Careta* miró al suelo, como si allí fuese a encontrar las palabras que necesitaba. Sólo encontró una.

—¿Podría...?

Ella sonrió.

—¿Quedarte en mi casa hasta el sábado? No veo qué otra cosa puedas hacer sin ponerte en peligro. Peligro inútil además, porque a mi no me molestas en absoluto.

Él asintió repetidas veces. Al fin dijo:

—Parece que el chino perdió mi rastro.

—¿Qué chino?

—Uno que anda detrás de mí salándome la vida desde que murió mi madrina. Desde entonces no me pasaba nada bueno. Hasta que la conocí a usted.

Aunque exiliada desde niña, y sólo un país sometido a un régimen totalitario produce niños exiliados, la periodista estaba muy al tanto del folclor nacional. Sabía que un chino siguiéndonos los pasos simbolizaba la mala suerte.

—¿Sabes lo que tienes que hacer? Comprarle unas chancletas de palo a ese chino. Al menos así sabrás cuándo anda cerca.

Los tres restantes días de la semana laboral fueron de tedio. *Careta* pasaba el día viendo juegos de béisbol y películas por la televisión. El encierro era total, pues no le gustaba mirar por el ventanal que daba a la bahía; la ausencia de las Torres Gemelas le hacía desagradable la vista del bajo Manhattan. Ni siquiera podía refugiarse en la lectura pues los libros que encontró trataban todos de política mundial, de Cuba, lugar que prefería no recordar, y de judaísmo. Algunos eran en alemán y en francés. Ya entrada la noche ella llegaba, agotada, le preguntaba qué necesitaba, subía al ático y no bajaba hasta la mañana siguiente.

La hora del desayuno era el único momento que compartían. Ella se levantaba fresca, renovada, le preparaba huevos con jamón o *bacon*, que había comprado expresamente para él y, mientras desayunaban, lo interrogaba sin cesar. Él había salido de Cuba hacía ya nueve años, pero eso era poco para ella, que llevaba cuarenta años de exilio.

—¿La Habana está tan destruida como aparece en las fotos?

—Más, seguramente.

—¿Es verdad que era tan linda?

—Eso dicen, pero desde que tengo memoria la recuerdo arruinada.

—¿Sucia?

—Más que sucia, cochambrosa; la gente se orina en los portales, la basura se amontona…

—¿Es verdad que los negros son ahora mayoría?

—No creo.

—Pero en las fotos sólo se ven negros.

—En el campo hay pocos negros y los de la ciudad están casi todo el tiempo en la calle; yo haría lo mismo si viviera en un cuarto de solar con seis o siete más.

—¿Conoces algún disidente?

—A ninguno. Los que están en eso que llaman «deporte de alto rendimiento» no pueden darse el lujo de tratar a personas conflictivas. «Agentes de la *CIA*», «loquitos»: así les llama esa gente.

—«Esa gente». Así les llamo yo a los incondicionales de la tiranía. Lo aprendí de los que han llegado en los últimos tiempos.

—Anjá —en el rostro de *Careta* apareció una expresión que era como una mezcla de disgusto y pesar— De un lado «esa gente»; del otro, «los loquitos». Así los llamaba mi padre. Recuerdo un día que llegó a la casa hecho una furia porque alguien que trabajaba en el hospital, un traductor... Luque se llamaba; recuerdo su nombre por el pelotero. El tal Luque le dijo que no hacía trabajo voluntario en la agricultura porque estaba «de espaldas al campo».

—No sé si te entiendo...

—«De cara al campo» era la consigna de entonces. Por la agricultura, que nos iba a conducir a la prosperidad, por no decir a la grandeza.

—Ese Luque, ¿era un disidente?

—De cierta manera. Allí, todo el que disienta de algo lo consideran enemigo, aunque no se meta en nada. Este parece que era un tipo atravesado y nada más.

—Y Radio Martí, ¿la escuchabas?

—¿Dónde iba a escucharla si vivía en una escuela deportiva y en mi casa el Viejo mordía por la revolución?

—Tú sólo conociste aquello, desde que naciste, ¿verdad?

—Aquello, la Unión Soviética, Checoslovaquia y la RDA.

—¿La qué?

—La República Democrática Alemana.

—¿Estuviste en Alemania? ¡Yo también! ¿Te gustó? ¡Pasé unos años tan lindos en Dusseldorf!

—Yo jugué en Berlín, en Leipzig, en Dresden, en Frankfort...

—Frankfort es tremenda ciudad.

—La Frankfort en la que yo estuve no me pareció gran cosa. La que usted dice debe ser la Frankfort *rafática*.

—*Rafática*... ¿Qué es eso?

—La de la Alemania *rafática*. Así le decíamos en Cuba a la RFA, la Alemania Federal.

—Oye, si sólo conocías aquello, ¿qué te dio por escapar?

Careta quedó absorto unos instantes. Recordaba. No eran buenos los recuerdos.

—Yo estaba... ¿cómo le diré? *Ostinao*. Mi padre es de Holguín. Los holguineros usan esa palabra cuando quieren decir que están hartos, pero muy hartos de algo.

—Desde niña la estoy escuchando. Mi familia es de por allí cerca.

—Entonces sabe de qué le hablo. Yo estaba *ostinao*. Aquello es... opresivo. Amenazante. Nunca se sabe dónde va a estar una piedra que te haga tropezar, y si tropiezas y te caes, no te levantas. Recuerdo una frase; una frase que escuché muchas veces: «Aquí no puede haber tibieza». ¿Frío con la revolución? Ni siquiera tibio se podía ser. Se suponía que los deportistas éramos privilegiados, pero, de vez en cuando, a uno que era estrella lo «tronaban», desaparecía y ni siquiera se sabía por qué. Estrellas nacionales, que todo el mundo conocía. Un día no estaban, no aparecían más. Capiró, Cheíto Rodríguez.

—¿Quiénes son?

—Peloteros. Peloteros que eran famosos en Cuba. Se hicieron humo de un día para otro. Si les pasó a ellos, podía pasarme a mí. Además, estaba el recuerdo de los «actos de repudio» cuando lo de El Mariel. Yo tenía apenas siete años, pero hasta un niño podía darse cuenta de lo terrible que fue, de lo mala que era la gente que acosaba a aquellos infelices. Nunca olvidé lo que vi entonces. Mientras me iba haciendo mayor, más lo recordaba —de pronto, sin pensarlo, se escuchó a sí mismo hablando de su madre: —Mi mamá se fue por El Mariel. Debe haberle tocado su parte.

—¿Está aquí tu mamá?

—Supongo.

—¿Cómo que supones?

—Desde que se fue, nunca he sabido de ella. No sé dónde está ni si sabe que estoy aquí. Cuando se fue... se fue. Pero, siempre que recordaba a aquella gentuza gritando insultos, golpeando, tirando cuanta porquería encontraban, me acordaba de ella, de mi madre. Un día decidí irme yo también. Y cuando pude, escapé.

—¿Te alegras?

—¿De qué?

—De haber venido. Dentro de unos días estarás de nuevo en la cárcel.

—Para cárcel, Cuba. Prefiero Belle Glade. Con los años que llevo aquí, con todo el tiempo que ha pasado, todavía recuerdo aquel desmadre del 80. Es que hay un nombre que aparece y vuelve a aparecer para hacerme recordarlo.

—¿El de tu mamá?

—El de Amaranto.

—¿Amaranto? ¿Quién es?

—Un músico. Un músico de Cárdenas ¿Sabe dónde está Cárdenas?

—Cerca de Varadero.

—Exactamente. Una vez, el verano anterior a todo aquello, estando en Varadero con mis padres y mis hermanas...

—¿Tienes hermanas?

—Dos. Son mayores que yo. Una es médico como el Viejo, la otra enfermera. Estábamos en Varadero de vacaciones, y una noche andábamos por un lugar al que le llaman «el Parque de las 1,000 taquillas». ¿Ha estado en Varadero?

—No.

—Es algo así como el *downtown* de la playa. Había un baile y tocaba una orquesta de Cárdenas. Yo era muy niño y no sabía nada de bailes ni de orquestas, pero el nombre del director de la banda me llamó la atención: Amaranto. «¿De veras que se llama así, papá?», le pregunté al Viejo. Años después fui a Cárdenas, con el equipo de la ESPA...

—¿La qué?

—La ESPA: Escuela Superior de Perfeccionamiento Atlético.

—¡Qué nombrecito tan imponente!

Careta sonrió. Fue una sonrisa triste.

—A mi madrina también le llamó la atención —antes que ella hiciera una nueva pregunta, continuó: —Fue entonces que volví a escuchar aquel nombre tan extraño, el del músico. Pasábamos por un lugar que era como un depósito de desperdicios y uno de mis compañeros de equipo, que era de Cárdenas, dijo: «Aquí tiraron a Amaranto». Luego me contó la historia. El negro Amaranto, porque negro era, había intentado irse por El Mariel. Lo sacaron de su casa, lo llevaron a patadas por todo el pueblo. Al hombre le dio un infarto o una embolia y lo dejaron tirado en aquel basurero, para que muriera entre la basura. A poco de llegar aquí, cuando trabajaba en un *boarding home*, me hice amigo de uno de los pacientes, un escritor al que le fascinaban los nombres raros. Entonces volvió a parecer Amaranto. Por último, cuando lo del niño Elián... ¿Se acuerda del padre, de las abuelas?

—Me acuerdo. Pura gentuza.

—Sí. Pura gentuza. El tipo de gentuza que le provocó la muerte al pobre negro. Esos González son de Cárdenas. Seguro que estaban allí. Medio pueblo ha de haber estado allí. Cárdenas no es muy grande, y todo el mundo sabía quién era Amaranto.

Hablaban y hablaban. Ella preguntaba y preguntaba. Cuando supo de la pérdida que había sido el detonante de su desgracia, quiso saber dónde y cómo había muerto aquella madre sustituta a quien él llamaba madrina. *Careta* sólo alcanzó a decir tres palabras antes de ser interrumpido.

—Vivía en Israel...

—¿En Israel? ¿Era judía?

—No. Nació y murió católica. Era una ingeniera que había construido una pista militar en alguna parte de Israel y parece que le gustó aquello. No sé. Algo había allí que la llamaba. Cuando se retiró, se fue a vivir a Tel-Aviv. Murió en uno de esos atentados suicidas de lo que llaman *Inti...*

—¡Ya sé quién es! —lo interrumpió ella, excitada— ¿Era amiga de los Mendoza? Daniel Mendoza es judío; no muy religioso, pero judío al fin. Creo que fue por eso que me vendió la casa sin buscar otro comprador.

—¿Usted la conoció?

—¡Qué la iba a conocer! De haberla conocido hubiese tratado de entrevistarla. Era una especie de personaje, pero sólo supe de ella cuando murió. ¿Así que esa era tu madrina?

—Sí, señora. Esa era.

—Salvó a muchos antes de morir. Sabes cómo fue todo, ¿verdad? Un palestino *kamikaze* entró en el restaurante en que ella estaba...

—Preferiría no hablar de eso. Su muerte me dejó... hecho polvo. Ella era mi Ángel de la Guarda. Cuando murió, me cayeron encima los demonios. Desde entonces sólo me he topado con gente mala..., menos usted y *el Gu.*

—¿El qué?

Careta abandonó momentáneamente su melancolía para sonreír divertido.

—*El Gu.* El que se metió en la pelea con los negros. Así le dicen —antes que ella preguntara, dijo: —Es un mote que heredó de su abuelo cubano. *El Gu*, caramba. Hasta él me trajo mala suerte. Si no se lanza a defenderme, los negros me hubieran machucado, pero el lío con la policía se hubiese quedado en una multa. No fue su culpa, claro. Tiene demasiada fuerza para poder controlarla. No quiso matar al negro. Pero lo mató, y aquí estoy.

Cesaron las preguntas. Ella se sumió en un meditativo silencio que él decidió no interrumpir.

—¿Sabes una cosa? —dijo tras un largo suspiro— Eso que dijiste sobre la piedra que puede estar dondequiera para hacerte caer me recordó a alguien que conocí hace años. Alguien que me gustaba mucho. Bonilla: así se llamaba —sonrió tristemente— *He was so cute*! Nunca hubiéramos llegado a nada, que yo no me iba a enredar con un diplomático de la tiranía, pero de que me gustaba, me gustaba, y yo a él también. Venía casi todos los años para la Asamblea General de la ONU. A veces estaba uno o dos años sin venir y luego volvía. Hasta que me enteré de que estaba involucrado en lo del general Ochoa y los famosos mellizos —hubo una pausa melancólica antes de poner fin a la historia— lo condenaron a tres años de prisión domiciliaria y encerradito en su casa estaba cuando un infarto acabó con él y con su belleza... si es que la conservaba. Parece que no pudo acostumbrarse a la idea de que su vida feliz de Don Juan diplomático había terminado.

—Encontró su piedra —dijo *Careta*.

—Sí. La encontró.

El viernes ella llegó temprano.

—Dentro de una hora, comienza el *Shabatt* —anunció.

—¿Qué es eso?

—El día sagrado semanal de los judíos. Desde hoy, cuando se ponga el sol, hasta mañana, cuando salga la tercera estrella.

A la hora señalada ella apagó las luces y encendió las velas rituales con una oración en hebreo. Su evidente fervor y la tenue luminosidad de las velas impresionaron al fugitivo. Luego cenaron juntos por primera y última vez.

A las nueve de la mañana del sábado ella se dispuso a salir.

—Me voy para la sinagoga —dijo— cuando regrese seguro que ya te has ido, así que nos despedimos. Cierra bien la puerta de abajo al salir —hizo una pausa, como si dudara sobre lo que debía decir— Quiero pedirte algo: nunca le hables de mí a nadie. A nadie. Ni a tu mejor amigo. Lo que yo he hecho contigo se llama *«harboring a fugitive «. It's a felony*, que no significa «felonía», sino «delito grave», «delito mayor». Ni una palabra a nadie, ¿sí? Por favor.

Él hizo un repetido gesto de negación.

—Yo nunca haría ni diría nada que la pudiera perjudicar. Usted ha sido muy buena conmigo.

Careta le extendió la mano a su inesperada benefactora. Ester Sabina echó a un lado la mano extendida y lo abrazó. Él la besó en los negros cabellos. Era muy pequeña.

—Que Dios te proteja —dijo ella.

En la calle, al pie de la alta escalera, se volvió hacia la terraza. Temía que él estuviera allí para un último adiós con la mano.

«Es prudente, el muchacho», pensó satisfecha al no verlo.

Lamentaba no haber visto a la mujer. Su curiosidad respecto a la oficial de la policía de Miami era tanto femenina como periodística, y había comenzado unos días atrás, cuando la llamaron por segunda vez. ¿Por qué había esperado hasta tener el *weekend* libre para venir a buscarlo? La detención de un prófugo que quería entregarse, ¿no era acaso parte de su trabajo? ¿Por qué no vino al día siguiente de la primera llamada y cargó con él? Ahora, mientras se alejaba, se le ocurrió una idea que la hizo sonreír.

—*Shalom Aleijan* —dijo quedamente. Estuvo a punto de decir «*Aché pa' ti*», una frase recién aprendida de algunos que habían llegado hacía poco de la Isla, pero se contuvo. Eso de «*aché*» era cosa de santeros, y los santeros eran idólatras.

Faltaban cinco minutos para las seis cuando atravesó Richmond Terrace, y tomó posición frente a la entrada del pequeño y bonito estadio. Era propiedad de los New York Yankees, le había dicho Ester Sabina.

«Ojalá no me traiga mala suerte», pensó. «Ese equipo lo tengo atravesado.»

Las sucesivas desgracias lo habían convertido en un ser supersticioso.

Sólo esperó diez minutos. Un *SUV* Chevrolet se detuvo junto a él, el cristal del asiento del pasajero descendió y allí estaba ella, al volante, mirándolo. La contempló por un breve instante.

«Eres linda, puñetera», pensó antes de abrir la puerta del vehículo. «Razón tiene Avenant».

Tomaron rumbo sur por el *New Jersey Turnpike*. Sólo entonces ella habló:

—Tú debes ser un buen *driver*.

—¿Qué le hace pensar eso? —dijo él por decir algo.

—Tu oficio de camionero.

—Sí. Creo que soy bueno.

—Pues prepárate a manejar la mayor parte del trayecto. Estoy muy cansada.

—No hay problema.

—Pero no corras. No te pases del límite ni por equivocación.

—En realidad, nunca corro —dijo él en voz muy baja— sólo cuando fumo marihuana y una vez nada más la he fumado.

Se hizo un largo silencio, que terminó con una breve pregunta:

—¿Aquella noche?

—Sí.

—¿Por qué?

—¿Por qué qué?

—¿Por qué lo hiciste?

Esta vez fue *Careta* el que tardó en contestar.

—Algo me dolía mucho.

—¿Te dejó tu novia?—preguntó ella con sorna.

—No tenía novia entonces ni la tengo ahora—no acababa de decir aquello cuando se preguntaba por qué lo había dicho— Mi madrina, algo parecido a mi madre, había muerto. No podía con… con la tristeza. Y fumé. Para escapar.

La mujer, sin quitar los ojos del camino, asintió varias veces; luego dijo:

—Eso pasa.

Al cabo de dos horas ella condujo el carro dentro de un área de descanso. Estaban ya en Maryland, en la Interestatal 95, que no abandonarían hasta llegar a su final, Miami.

—Te toca —dijo— si tienes que ir al baño, ve aquí. No quiero que entres en ningún *restaurant* —se bajó, rodeó el carro y abrió la puerta del asiento del pasajero; él no se había movido— bien, si no quieres ir al baño, vámonos de aquí.

Él permaneció inmóvil en el asiento.

—¿No podría manejar un rato más?

—Podría, pero no tengo ganas. Vamos, muévete.

Careta descendió del carro. Se movió con rapidez, pero no lo bastante como para que los penetrantes ojos policiales de ella dejasen de notar lo que él no quería que se notara. La mujer saludó el descubrimiento con una carcajada.

—¡Vaya! Parece que el muchacho está falto de hembra —dijo mientras entraba al carro sin dejar de reír— Déjame decirte algo: para las situaciones extremas en materia de sexo, nada mejor que el propio interesado. Y tu situación es sumamente extrema, así que, en la primera oportunidad que tengas, pon manos a la obra.

Por primera vez desde que subió al carro en Staten Island, *Careta* sonrió.

—Gracias por el consejo.

—De nada —dijo ella, y su voz se endureció— Espero que lo sigas. Esos abultamientos son muy antiestéticos y me ponen nerviosa. Además, detesto los machos exhibicionistas.

Él sintió que enrojecía. Se volvió a mirarla.

—Perdón. Yo no quise...

Entonces notó que la expresión de ella se dulcificaba.

—Está bien. Vamos, anda. Mueve esta cosa.

También notó algo en su mejilla izquierda, algo que no recordaba haber visto antes: una leve cicatriz atravesaba en diagonal la piel amanzanada. A no ser por su levedad, hubiese parecido una herida de arma blanca.

Corrieron y corrieron por la gran autopista, apenas sin parar. Sólo se detenían para comprar comida en los restaurantes que la servían directamente a los automovilistas y en los servicios sanitarios de las zonas de descanso. Hablaban sólo lo necesario. Él no sabía qué decirle y ella no facilitaba la comunicación. Conducía y dormía, o parecía dormir, en el asiento trasero.

Eran las dos de la tarde cuando arribaron al tramo final de la I-95. *Careta* contempló el edificio en cuyos pisos superiores estaba «Cielito Lindo»; eran los primeros días de octubre y ya habían comenzado a llegar del norte los pequeños buitres negros, que parecían sentir una especial querencia por la pirámide que coronaba la vieja construcción. Con un gesto de disgusto desvió su mirada hacia los otros rascacielos del *downtown* y los más lejanos de la Avenida Brickell.

—Miami no es un pueblo de vaqueros —dijo él como para sí.

—¿Quién dijo que lo fuera?

—Un tipo que yo conozco al que no se le puede hacer mucho caso.

—¿Tu socio el del camión? No parece bruto. No como para decir algo tan estúpido.

—No. No fue él.

De pronto, ella hizo un comentario que, para sorpresa de *Careta*, le desagradó:

—No parece bruto y además, está buenísimo.

—Si usted lo dice... —dijo él, repentinamente enfurruñado.

—Yo lo digo.

Tomaron por la South Dixie Highway. En Kendall Drive ella giró a la derecha. Poco después entraron en un complejo de edificios rodeado por una alta cerca de elementos metálicos en forma de lanza.

—¿A dónde vamos?—pregunto él.

—A mi casa.

—¿No me va a llevar a...?

—Hoy no. Estoy cansada como nunca en mi vida y todavía tengo cosas que hacer.

Ella arrimó el auto a una puerta lateral.

—Bájate aquí y espérame. Voy a *parquear*.

El apartamento estaba en el quinto piso. Era pequeño, de un solo cuarto, pero cómodo y bien distribuido. Ella le señaló un sofá-cama.

—Dormirás ahí. Junto a la entrada hay otro baño. Ahora tengo que salir. En el refrigerador hay comida.

Careta dormía profundamente cuando ella regresó.

Estaba vigente el horario de verano, de modo que aún no amanecía cuando la sintió en la cocina. Él se puso de pie rápidamente.

—Buenos días.

—Buenos días.

—Con su permiso, voy a pasar al ba...

Entonces ella se volvió a mirarlo. Un segundo después su risa resonó en el apartamento.

—¿Otra vez?

—Lo siento —dijo *Careta*, encaminándose presurosamente al baño.

—No te preocupes, muchacho —le oyó decir a través de la puerta— Eso suele suceder por las mañanas.

Él se sorprendió a sí mismo con un pensamiento típico de hombre celoso:

«Parece que ha tenido muchas experiencias mañaneras con varones».

Se lavó la cara y los dientes y salió, listo para la ceremonia de sacrificio. Ella había preparado un criollo desayuno a base de café con leche y pan tostado con mantequilla. Comieron en silencio. Cuando terminaron, la mujer recogió los platos y se dirigió al cuarto. Poco después salió, ya de uniforme, maquillada como para ocultar los efectos de una noche de poco y mal sueño. Careta se puso de pie y tomó su mochila.

—No —dijo ella sin mirarlo.

—No, ¿qué? —dijo él, asombrado.

—Tú te quedas aquí.

—Pero, oficial...

—Mi nombre es Mónica —dijo ella volviéndose a mirarlo desde la puerta —Martha Mónica, pero prefiero el *middle name*. Sobre todo ahora.

—¿Por qué ahora?

—Porque ese nombre le amarga la vida a los Clinton y yo los detesto.

—Está bien. Mónica. ¿No voy con usted?

—No —esta vez miró al piso— Quédate aquí. No te dejes ver ni hagas ruido. Hablaremos por la noche —se detuvo ante la puerta, sin abrirla; luego se volvió hacia él— En New York estabas con alguien, ¿verdad?

Careta la miró directamente a los ojos.

—Con muchos —dijo— En los parques siempre hay gente.

Ella asintió con aire satisfecho.

—Eres leal y discreto. Eso me gusta.

No recordaba haber pasado un día tan aburrido en toda su vida. Ni siquiera en la cárcel. En la alta casa de Ester Sabina al menos podía ver televisión sin restricciones y contemplar el cruce de cargueros y remolcadores por la bahía de New York. Aquí sólo podía escuchar música con los audífonos, la televisión debía ser sin audio y el único paisaje era el tráfico por Kendall Drive.

Abrumado por el tedio decidió entrar en el cuarto de ella. El lecho estaba tendido, todo alrededor ordenado y pulcro. Como cabecera de la cama había un librero y en él una pequeña colección de literatura policíaca, toda ella en inglés. Respiró aliviado y, después de un corto examen, jugó al seguro: *The Hound of the Baskerville's*. El perro asesino le recordó su primer día de trabajo con Avenant. Sherlock Holmes no había logrado aún desentrañar el misterio del endemoniado animal cuando ella entró.

—¿Te gusta leer? —preguntó a modo de saludo.

—Sí, un poco —contestó él, amoscado— Disculpe que haya entrado a su cuarto, *Officer*. Es que me estaba muriendo de aburrimiento y pensé...

—*No problem* —dijo ella mientras se dirigía a la habitación —Ya que entraste, tómate otras dos libertades: trátame de tú y llámame por mi nombre.

—Martha M. Rivera —dijo él.

—Exacto.

—¿Qué significa la M?

Ella tardó unos segundo en asomar la cabeza por la puerta del cuarto y contestar.

—Ya te lo dije. Mónica.

Cuando regresó, al cabo de un buen rato, traía el pelo húmedo y lustroso, y olía a jabón de baño caro. De la bolsa que había traído extrajo dos grandes *sandwichs* cubanos y los colocó sobre una fuente. Luego sirvió dos vasos de leche y se sentó a la mesa.

—Adelante —dijo.

Comieron en silencio hasta que él se decidió a hablar. Lo hizo más con gestos que con palabras. Pasó un dedo sobre su propia mejilla derecha y pregunto:

—¿Qué es?

Ella sonrió.

—Una cicatriz de navaja reparada por un buen cirujano.

—Ya. Algún maleante que fuiste a detener.

La sonrisa se convirtió en carcajada.

—No. Un recuerdo de mi época de *ganguera* en El Barrio.

—¿Estabas en una *ganga*? —preguntó él asombrado.

Ella se puso de pie y se acercó a él. Levantó su pierna derecha y señaló al tobillo, donde se venían tres puntos negros que formaban un triángulo.

—¿Ves esos punticos? Es el tatuaje símbolo de la pandilla. Es aquí donde tienes que mirar —dijo al notar que los ojos de él miraban fijos a su rolliza pantorrilla— Ese triángulo y esta cicatriz me recuerdan la época en que era *Moca Sin.*

—¿Mocasín?

—Así me decían los de la *ganga*. En mi casa siempre me han llamado Moca, por Mónica, y casi todos ellos me conocían de niña.

Careta aventuró una broma.

—Pero, ¿por qué Mocasín? ¿Por la serpiente o por el zapato?

Ella sonrió de nuevo; esta vez su sonrisa no llevaba alegría alguna.

—Por ninguno de los dos. *Moca* por mi apodo familiar. *Sin...* Se supone que entiendas inglés, ¿no? ¿No sabes lo que significa «*sin*»? *S—I—N* —deletreó en inglés.

—Pecado —dijo él en un susurro.

—Exactamente. *Moca Sin, Mónica Pecado.* Empezaron a decirme así después que me acosté con todos los de la pandilla. O casi todos.

—Ya —dijo *Careta* bajando los ojos.

—Hasta que el jefe me dijo que yo estaba demasiado buena para andar de mano en mano y anunció que, desde ese día, mis nalgas y todo lo demás pasaban a ser objeto de uso personal suyo. Y así fue. Pero un día le dio un ataque de celos y me cortó la cara de un navajazo. Cuando me recuperé me fui a vivir a Orlando, con unos tíos, terminé el *high school* con una colección de A's y me gané una beca para estudiar *Criminal Justice* en el Miami-Dade Community College. Al graduarme ingresé en la Policía del Condado.

—Tuviste suerte que te admitieran habiendo sido *ganguera.*

—No fue suerte. Yo no tenía *record* criminal; nunca me detuvieron cuando anduve en eso, y mi expediente académico era impresionante. Además, me recomendó un profesor con el que tuve un *affaire,* un oficial retirado que tenía buenos amigos en el cuerpo. Cubano como tú.

Él no pudo evitar decir lo que dijo:

—¿Te acostabas con profesores? —en seguida comprendió su error —Perdóname. No tengo derecho...

Se interrumpió cuando la vio sonreír. Era una sonrisa de complacencia.

—No, no me acostaba con profesores. Estuve a punto de acostarme con ese, pero no pasamos de una sesión de besos y apretones en un cine, continuada en el carro. Le dije que iba a ir a su apartamento, que me esperase con vino y velas, pero no fui. Él tampoco insistió —de pronto, tuvo un acceso de risa

—Era simpático ese viejo cubano. La próxima vez que me encontré con él me dijo que ya se había bebido todo el vino y que por suerte no compró las velas, porque se las hubiese tenido que meter ya sabes dónde. Para ilustrar lo de las velas me puso la mano en un sitio donde ya había estado antes.

—Hombre de suerte —murmuró *Careta*, con una velada e inexplicable furia— Las tocó y aunque no las tuvo, tampoco le pasó nada. A mí, que sólo las comenté...

Ella lo miró con un aire repentinamente desolado, y se cubrió el rostro con las manos.

—Perdóname —dijo *Careta*, desconcertado— Parece que siempre tengo que meter la pata contigo.

—Perdóname tú a mí —dijo ella sin retirar sus manos— Por mi culpa...

—No —la interrumpió él— No tuviste culpa ninguna. Fueron casualidades, una tras otra, y yo nunca debí decirte aquello. Fue una falta de respeto. Tú eres una oficial de la policía.

Ella retiro sus manos del rostro, pero no levantó la mirada. En sus mejillas resaltaba el brillo de dos lágrimas.

—Eres muy gentil, pero todo fue culpa mía. Si hubieses sabido que yo hablaba español ni siquiera se te hubiera ocurrido decir aquello. Pero no lo sabías, no podías saberlo. Yo pude hacerme la desentendida, ponerte la multa y ya. Pero se me subió la rabia, la rabia que llevo por dentro contra aquella gentuza para la que yo no era más que nalgas, tetas, muslos y lo otro. Entré a la policía buscando respeto. Pero tú..., ¿qué ibas a saber tú? Sólo querías bromear. Lo supe aquella misma noche, cuando me hablaste en la estación, cuando me preguntaste si entendía el español, cuando te vi sonreír, tan triste. Después, por tu amigo, me enteré de lo que te había pasado, la pérdida que habías tenido. Desde entonces tengo la vida hecha cuadritos. Y cada vez peor: la bronca, la condena, la huída. Y todo comenzó por culpa mía, por un arrebato de mi jodido mal genio.

Quedó en silencio, mirando al vacío. Cuando continuó, parecía hablar consigo misma:

—Una vez… por poco mato a un tipo a golpes. Estaba en Miami Beach, fuera de servicio. Iba por Harding a poca velocidad cuando, en un callejón, vi al tipo golpeando a una mujer. La estaba moliendo a golpes y ella, «no, papi no», y él no paraba de golpearla. Llamé a policía de Miami Beach, pero cuando llegó, el sujeto ya estaba listo para el *Trauma Center.* Le mostré mi placa y le dije que ni un golpe más. «Anda, puta culona, sigue por ahí si no quieres que te suene a ti también», me dijo. Era un cubano, de esos que llaman «balseros». «Sosiégate o te mando al hospital», le dije como si leyera el porvenir. Entonces el tipo miró al suelo y su voz pasó de barítono a bajo.

La voz de ella también cambió de registro al imitar al golpeador:

—«Tranquila. Tranquila, que a mí no me gusta que me amenacen y muchos menos las *jevas.* Eso me pone mal». Todo eso sin mirarme, el muy imbécil. Un segundo después le hundí el puño en el hígado y lo hice caer pateándolo en las corvas. Le pregunte si se sentía mejor y… ¿Viste *El Padrino*? ¿Recuerdas la golpiza que le pega Sonny a su cuñado por abusar de su hermana? Fue algo así. Estuve dos semanas suspendida y bajo investigación. Contigo me pasó algo parecido. Un ataque de rabia. Lo malo es que tú no eres como el marido de Connie Corleone ni como aquel balsero.

Sin mirarla, *Careta* extendió el brazo sobre la mesa, la mano abierta. Ella puso su mano sobre la de él. Luego dijo, muy queda:

—¿Me perdonas?

—Si eso es lo que quieres oír, sí. Te perdono. Y te diré algo: con mal genio y todo, creo que eres una persona muy buena.

Ella soltó su mano bruscamente y se marchó a la habitación.

Tarde en la noche, despertó. Mónica estaba sentada en el borde del sofá-cama. A la tenue luz que venía del cuarto pudo ver que estaba desnuda. Se puso de pie, avanzó un paso hasta quedar junto a la cabeza de él y se volvió de espaldas.

—Anda, cumple tu amenaza. Es lo menos que te puedo dar.

Él mordió suavemente la esplendidez que tenía delante.

El despertador sonó durante un rato en el cuarto antes que despertaran. Ella se levantó con presteza.

Durante los preparativos mañaneros no cruzaron palabra. Sólo se miraban y sonreían. Cuando terminaron el desayuno, *Careta* dijo:

—La verdad es que todo lo que pasé en Belle Glade y en New York valió la pena. Estoy listo.

—¿Listo para qué?

—Para presentarme.

—Olvídalo. Te vas a quedar conmigo... si quieres quedarte.

—Pero, Mónica... ¿Cómo voy a quedarme? Te haces cómplice...

—Ya lo soy. Y voy a seguir siéndolo. Si quieres presentarte, hazlo. Pero no conmigo —se levantó y sacó una llave del bolsillo de su pantalón policial y la puso sobre la mesa —Si te vas, cierra la puerta con llave y deja la llave en el buzón. Pero recuerda: si te encuentro aquí cuando regrese, es para que sigamos juntos. No sé cómo, no sé qué vamos a hacer, pero eso es lo que quiero. Y, por favor, si te quedas, nunca me llames «jeva». No soporto esa palabra.

Se inclinó y le dio un leve beso en la mejilla. Luego salió y cerró la puerta, sin ruido.

Llegó tarde, cansada, tras un día particularmente duro. Cuando abrió la puerta y lo vio sentado en una mecedora junto a la ventana de la sala, leyendo, sintió una felicidad como nunca antes en su vida.

—¿Cómo quieres que te llame? ¿Edward? ¿Eduardo? ¿Eddy? Ese nombre estrafalario con que llegaste supongo que ya no lo quieres. Aunque podría llamarte Mali. Suena bonito. Como Mali Vai Washington, el tenista.

Él sonrió.

—*Careta*—dijo —Llámame *Careta*. Desde que tenía doce años me dicen así.

Fueron tres meses de idilio y encierro. Encierro total para él, parcial para ella, que sólo salía para cumplir sus obligaciones y comprar lo necesario. Todas las noches veían una película, y, cuando estaba solo, él se atiborraba de juegos de las Grandes Ligas —que poco le durarían, pues el campeonato se acercaba a su final— y de *football* americano los domingos. Como el torneo de la *National Basketball Associacion* aún no comenzaba, Mónica lo proveyó de videos con las hazañas de Michael Jordan, de Larry Bird, de Kareem Abdul-Jabbar y los otros monstruos más o menos sagrados de la *NBA*.

También leía. Leía como nunca antes en su vida, más que en Belle Glade, donde disfrutó de la única novela publicada por el escritor enfermo y suicida que había conocido en el *boarding home*. Convertido en lector forzado por el aburrimiento como tantos cubanos de la Isla, leyó toda la pequeña colección de novelas policíacas que encontró al llegar, y luego ella lo proveyó de las obras de Le Carré, Forsyth y Stephen King; en español, para que las disfrutase mejor.

El encierro forzoso le llevó a descubrir su propia ignorancia. Al hojear los tomos de una enciclopedia, que atrajo su atención por la belleza de las ilustraciones, comenzaron a aparecer personajes cuyos nombres no recordaba haber oído mencionar jamás.

«Victoria pírrica» era una frase muchas veces escuchada, pero sólo entonces supo quien era Pirro. Allí estaba Herodes; al leer sobre sus hechos comprendió la ironía de su madrina cuando dijo que un hospital pediátrico de Holguín debería llevar su nombre. Sabía todo lo que hay que saber sobre Hannibal Lecter, pero Hannibal el cartaginés, que estuvo a punto de acabar con el poder romano, le era desconocido. Mucho había escuchado sobre Espartaco durante sus años de estudiante; nada sobre Pompeyo, para quien la destrucción final de las huestes del esclavo rebelde había sido un hecho sin importancia en su biografía. Conocía, de oídas, al *Manco de Lepanto*, pero leía por primera vez el nombre de su jefe, don Juan de Austria. Juana de Arco sí le era familiar; un día, ya lejano, había acudido a la Cinemateca de la calle 23, más por Ingrid Bergman que por la Doncella de Orleans. Una de sus novias de la adolescencia vivía en la calle General Lee; pero sólo ahora se enteraba de la existencia de Robert E. Lee, jefe militar de los sureños... y de Ulysses Grant, cuyo apellido era también el suyo.

—¡Qué mierda! —dijo para sí.

—¿De qué hablas? —preguntó Mónica.

Absorto en la lectura, no había escuchado los ruidos de su llegada, ruidos tenues, pues ella, quizás por su profesión, siempre se movía como un gato.

—De la enseñanza en Cuba.

Ella alzó los hombros con displicencia. Aunque había conocido a muchos cubanos y ahora parecía estar enamorada de uno de ellos, Cuba no le interesaba en absoluto. Era sólo un país enemigo al que se debía vigilar pues, aunque pequeño, era peligroso.

Así pasaron tres meses. Él intentaba adaptarse, pero ella enfrentó la realidad. Cuando habló con él ya tenía claro lo que sería el destino de ambos.

—Tenemos que irnos, *Careta*.

—¿Irnos?

— Irnos.

—¿A dónde?

—Fuera de aquí. Vas a tener que renunciar a tu Sueño Americano. Tenemos que irnos a otro país. Aquí somos un convicto prófugo y una policía encubridora. No hay futuro para nosotros. Tenemos que irnos y para eso necesitamos dinero. La única forma de conseguirlo es dando un golpe.

—¿Un golpe? ¿Un golpe a quién?

—A alguien que se lo merezca. Será un delito de todos modos, pero al menos ninguna persona decente resultaría perjudicada.

Él la contemplo entre sorprendido y admirado.

—Parece como si lo tuvieras todo pensado. Decidido.

—Y planeado. Y hablado.

Careta sintió una punzada de alarma.

—¿Alguien sabe que estoy aquí?

—No. Nadie tiene por qué saberlo. Me refiero a un tipo que nos puede ayudar a dar el golpe sin participar directamente. En uno de la *DEA*.

—¿La *DEA*? ¿Es algo relacionado con drogas?

—Es asaltar y desvalijar a un sujeto que recoge, guarda y traslada el dinero de las ventas. El de la *DEA* me dirá cuándo y dónde, y nos prestará su identificación para impactar al *narco*. Yo prepararé una orden de registro falsa —ella guardó silencio unos instantes; al cabo se decidió: —Nunca has matado a nadie, ¿verdad?

—No —contestó él en un murmullo.

Ella asintió con un gesto en el que se mezclaban varios sentimientos; uno de ellos la tristeza.

—Un convicto por homicidio que nunca ha matado a nadie. Así es de puta la vida. Bien, pues a este *narco* habrá que matarlo. Dejarlo vivo podría traer muchas dificultades y de todos modos, ninguno de esos crápulas envenenadores merece vivir.

Careta guardó silencio. Ella esperaba. Por fin, él dijo:

—Si hay que matarlo, lo mataré.

Mónica sonrió. Era de veraz leal aquel golpeado muchacho, ya no tan muchacho. Se sintió feliz. Bueno era poder confiar en quien se ama. Y ella ya sabía que lo amaba.

—No —dijo, haciendo más leve su sonrisa— Lo haré yo. De todos modos, no será el primero.

—¿Has matado a alguien?

Careta había convivido durante un año con criminales, algunos de ellos asesinos, pero ninguno tenía nada que ver con aquella cálida mujer.

—A dos —dijo ella— que podían haber sido tres. Después de que maté al primero fui a New York a buscar a aquél —al decir «aquél» se tocó la leve cicatriz de la mejilla— Ya lo habían matado. Quedé tan frustrada, que al *ganguero* que me dio la información le rompí la cabeza con el cañón de la pistola; era uno de mis antiguos compañeros de cama y se le ocurrió tomarme de la barbilla. Sólo eso y lo dejé listo para el *Rescue*. ¿Sabes una cosa? Quizás no hubiese sido tan dura contigo de haber podido vengarme. Me quedó como una rabia por dentro. ¿Sabes otra? Si todo sale bien y podemos hacer nuestra vida juntos, me alegraría de lo que pasó antes, de lo que te sucedió por culpa mía. Juro que te voy a hacer muy feliz, que te compensaré por los malos ratos que has pasado. Yo... —se detuvo, como si la avergonzara lo que iba a decir; comprendió que era la primera vez en su vida que se disponía a decirlo. Lo dijo en inglés, que era, en realidad, su idioma: —*I love you.*

Se levantó, fue al cuarto y cerró la puerta. Él intentó seguirla, pero estaba echado el cerrojo.

—Mónica.

—Déjame sola un rato —susurró la voz de ella— Por favor.

Como ella, *Careta* se dispuso a estrenar aquella frase.

—Yo también te quiero.

Luego de un largo silencio, ella dijo:

—Ojalá.

El auto, un Honda Accord del año anterior, era robado. Robada era también la placa. Mónica accionó el control electrónico, producto no del robo, pero sí del soborno, se alzó la barrera y penetraron en el barrio amurallado; luego, en uno de los numerosos *cul de sacs* que formaban aquel recinto de tranquilidad. La casa estaba al fondo del *cul de sac.* Cuando tocaron el timbre se encendió una luz exterior.

—*DEA* —dijo Mónica cuando se sintió observada a través de la mirilla.

La puerta se abrió y un hombre de mediana edad, de mediana estatura, medianamente bien parecido apareció en el umbral.

—*Yes?*

Mónica le mostró fugazmente su identificación. En realidad, lo único suyo en ella era la foto, superpuesta sobre la del verdadero poseedor del *carnet.*

Inmediatamente le mostró una orden de registro y penetraron en la casa. Con un rápido movimiento ella lo hizo volverse con las manos detrás. *Careta* le colocó las esposas.

—¿No va a leerme mis derechos? —preguntó el hombre con un dejó irónico.

La oficial de policía Martha Mónica Rivera odiaba a los delincuentes, especialmente a los que se mostraban arrogantes cuando se les detenía.

—*Of course, my horse. What do you prefer, English or Spanish?*

El hombre se echó a reír.

—Mejor en español —dijo— Mi inglés no es muy bueno.

Mónica se situó tras él y sacó un pequeño revólver Taurus con silenciador. No era el arma de reglamento. Luego recitó la primera frase de la Declaración Miranda:

—Usted tiene derecho a permanecer en silencio.

Acto seguido le disparó en la nuca. La muerte fue instantánea.

No perdieron tiempo. No tenían por qué perderlo, pues sabían dónde estaba lo que buscaban. Se dirigieron a un gran *closet* anexo al dormitorio principal, y levantaron una gruesa alfombra. Bajo ella estaba la tapa de una caja de seguridad. Mónica colocó dos pequeñas cargas explosivas en la rueda de la combinación, cerró la puerta que comunicaba con el resto de la casa y accionó el dispositivo que las hacía explotar. Los cristales de las ventanas y puertas corredizas eran a prueba de ruidos, de modo que el sonido apenas se escuchó en el exterior de la vivienda. Penetraron otra vez en el *closet*. *Careta* removió sin mucho esfuerzo la pesada tapa. Adentro, perfectamente alineados y dispuestos en pilas, había numerosos fajos de billetes; también tres paquetes compactos llenos de una sustancia blanca. A una señal de Mónica abrió la gran mochila que llevaba consigo y la sostuvo ante ella, que comenzó a trasegar los fajos. Cuando terminó, tomó también los tres paquetes. Menos de un minuto después la casa estaba cerrada y el carro se ponía en marcha.

Cuando salieron del barrio amurallado ella se dirigió al punto de Westchester donde habían dejado su auto. En la penumbra que rodeaba un campo deportivo abandonaron el carro robado, no sin antes quitarle la placa que no le pertenecía, sujeta sobre la auténtica con un imán. Luego Mónica condujo hasta Tamiami Trail y tomó rumbo al oeste.

—¿A dónde vamos?

—A Krome.

No hablaron en todo el largo trayecto hasta la oscura avenida que marcaba el límite urbano de Miami. Cuando no hubo ninguna luz a la vista, ella detuvo el auto y sacó los paquetes de cocaína del maletero. Se acercó a la orilla del canal que corría paralelo a la avenida y los arrojó al agua, no sin antes abrirle varios agujeros a cada uno con un cuchillo. Guardó el arma y se sacudió las manos; luego sacó la pistola con la que había matado al *narco*, la tiró al canal y se volvió hacia *Careta*, que la observaba fascinado.

—Listo —dijo— el que a coca mata, a bala muere. Ahora, a esperar que pase el *revolú*.

Las instrucciones fueron precisas:

—Cuando llegue, métete en el *closet* y no salgas a menos que yo te llame —le alargó unos audífonos— con esto podrás escuchar lo que hablemos. Si algo sale mal, toma el dinero y trata de escapar —se detuvo y sonrió— Tonterías mías; todo saldrá bien.

—Ese tipo debe ser de cuidado —dijo *Careta*, dubitativo.

—Es de cuidado.

—Entonces, ¿cómo puedes estar tan segura de que todo saldrá bien?

Mónica sonrió de nuevo. Luego se rascó levemente la mejilla con el dedo meñique y dijo con voz apagada, una voz que no era la suya:

—*I'ill make him an offer he can't refuse.*

El hombre fue puntual. Mónica abrió la puerta y lo invitó a pasar con un gesto.

—¿Un trago?

—Está bien. Dame un *scotch*.

—¿Hielo y agua?

—Sólo hielo.

Ella se sirvió uno igual. Luego le entregó una mochila negra que estaba en el suelo, junto al sofá. El hombre la abrió y comenzó a sacar los fajos de billetes. Contó cuidadosamente el dinero. Cuando terminó, levantó la vista. En su rostro había una expresión de disgusto.

—¿Cien mil? Se supone que hubiera cuatrocientos mil y la mitad son míos.

—Cuatrocientos mil había, pero sólo te daré cien mil.

—¿*What*?

Ambos eran hispanos bilingües y saltaban de un idioma a otro de manera constante y sin motivo aparente.

—*You heard me. Three hundred thousand for me, one hundred thousand for you.*

—*That was not the deal.*

—*To hell with the deal!*

El hombre se puso de pie. Ella le daba por el hombro.

—*Listen, fucking bitch...*

Mónica corto su agresivo discurso.

—No te hagas el malo conmigo. Tú sólo diste apoyo logístico. Apoyo y nada más. Yo asumí todos los riesgos, yo maté al desgraciado, yo lo hice todo. Y ese dinero lo necesito más que tú. Lo hice por necesidad. Lo tuyo es pura corrupción.

—¡No me digas! ¿Así que yo soy el corrupto y tú la pura? *Fuck you!*

—*Fuck your mama!* Pronto vas a entender por qué lo hice *and I don't give a damn if you understant it or not. An let me tell you something*: renuncia y dedícate a otra cosa. *You are not a real cop.*

El hombre se echó a reír. En su risa no había ni pizca de alegría.

—Pero, ¡qué cara más dura tiene esta boricua! *I'm not a real cop, uh? and what about you?*

Antes de contestar, ella sonrió; una sonrisa inmensamente triste.

—Yo tampoco soy una verdadera policía. Nadie que haya hecho lo que yo hice es un policía de verdad. Pero al menos yo lo sé. Tú tomas esto como algo natural. Pues no, no es natural. Se llama corrupción. Y no discutamos más, que no vamos a entendernos. *Take your money and get lost. And don't try to bullshit me.* Un abogado tiene una carta que no ha leído, pero que está muy bien guardada; incluye un pequeño trozo de tu biografía.

Débil era la moral del hombre de la *DEA*; en cambio, su sentido de la realidad no podía ser más sólido. Se sentó, tomó el vaso *con scotch* y bebió a pequeños sorbos mientras ella lo observaba.

—¿Encontraste «perico»?

—Tres paquetes que parecían de dos libras cada uno.

—Siempre son de un kilogramo. Tres son casi siete libras. En la calle... *fifty Grand.*

—Así se titula uno de mis cuentos favoritos. Es de Hemingway.

—*Don't fuck with Hemingway!* Para cuentos, los tuyos. ¿Qué hiciste con ella?

—No te preocupes —dijo ella con ironía— ninguna nariz *esnifiará* esa cocaína. Quizás algún pez la aproveche, o a lo mejor un cocodrilo. ¿Te imaginas un cocodrilo «empericado»?

El hombre asintió repetidamente con la cabeza, en una melancólica aceptación de lo irremediable. Quedó pensativo, como si imaginara un mundo mejor. Ese era, precisamente, el tema que ocupaba sus pensamientos.

—*¡Oh, Jesus!* —dijo por fin, acompañando la frase con un profundo suspiro.

—*¿What happen? ¿Don't feel good?*

—Me sentiría mejor si fueras un hombre.

—¿Para qué? ¿No luzco bien así?

Él ignoró la segunda pregunta.

—Para entrarte a patadas por ese culo tan grande que tienes.

Mónica se echó a reír, divertida.

—Si fuera hombre no lo tendría tan grande. ¿Sabías que los músculos humanos de mayores dimensiones son los glúteos de algunas mujeres?

—*¿Really? ¡How amazing!*

—Además, después de entrarme a patadas tendrías que vértelas conmigo, los dos armados, algo que no te recomiendo. Hace mucho tiempo que los *macho men* dejaron de impresionarme.

—Con gente más dura que tú me he batido.

—Lo dudo. Conmigo sólo tendrías dos opciones, las dos en lugares muy cerrados: la celda o el ataúd.

El hombre de la *DEA* apuró lo que quedaba de su *scotch*, tomó la mochila con el dinero y se dispuso a salir. Ante la puerta abierta, sin volverse, habló por última vez; lo hizo como para sí.

—Después dicen que los *portorros* son brutos.

—Lo dicen ustedes, los cubanos —contestó ella antes de cerrar la puerta.

En el *closet*, *Careta* escuchó el sonido del cerrojo. Salió y quedó ante ella, mirándola, entre estupefacto y admirado.

—¡Qué lotería de mujercita! —murmuró.

Mónica aceptó el elogio con una reverencia, los ojos bajos, las palmas de las manos vueltas hacia arriba y una leve flexión de las rodillas.

—Para ti —dijo.

Partieron muy temprano, casi de madrugada, y rodaron sin pausa durante todo el día. Estuvieron a punto de detenerse en Biloxi, pero ella cambió de idea.

—Vamos a New Orleans —dijo Mónica— Siempre quise ir a New Orleans.

Esa noche tuvieron su estreno como gente de recursos. En dos meses apenas habían tocado su tesoro, casi todo puesto ya a buen recaudo en un banco de las islas Cayman. Sólo habían gastado en la documentación falsa para *Careta*. Pero esa única noche en la vieja ciudad, vendida por Napoleón a precio de ganga a los jóvenes Estados Unidos de América, fueron a comer a Antoine's, uno de los sitios emblemáticos de la herencia dejada allí por los franceses, el gusto por la comida buena y complicada.

La cena fue espléndida. Ya estaban en los postres cuando ella tuvo un acceso de risa.

—¿Cuál es la gracia? —preguntó careta alarmado.

Cuando terminó de reír, ella dijo:

—Recordé a tu paisano, mi profesor en el *college*.

—¿Por qué?

—Por las velas —dijo Marta, echándose a reír de nuevo.

—Parece que ese profesor se llenó los bolsillos contigo; aunque no llegara al final —dijo *Careta* de mal humor.

—Casi llega. Me obsequió con un *finger fuck*.

—¿Qué es eso?

—Con la mano.

—¡Qué bien! Espero que te haya gustado. Parece que disfrutas mucho recordando tus aventuras.

Ella lo miró con una suave sonrisa.

—¿Qué más da? Ahora sólo soy para ti —dándole un giro a la conversación, agregó: —¿Te gusta el jazz?

—No particularmente.

—A mí me arrebata. ¿Vamos a Bourbon Street? Es su lugar de nacimiento.

Él alzó los hombros con enfurruñada indiferencia.

—Si quieres, vamos.

Se dirigieron a la célebre calle y entraron en un local que les pareció bien, que le pareció bien a Mónica. En la semipenumbra cuando se dirigían a la mesa que les habían asignado, ella de la mano de *Careta* que marchaba adelante, sintió otra mano posarse sobre sus nalgas. El contacto la volvió a la realidad.

—Vámonos —dijo.

—Y ahora, ¿qué?

—Vámonos.

Se adelantó y marchó delante de él, dando un largo rodeo para no pasar por donde habían entrado. Ya en la calle, *Careta* inició una pregunta:

—¿Se puede saber...?

—No hay que tentar al destino —contestó rápidamente ella— Somos fugitivos, no turistas. Cualquier cosa que suceda puede convertirse en un desastre. Recuerda lo de la celda en «Cielito Lindo».

—Me parece lógico. Y, ¿qué fue lo que te hizo darte cuenta?

—Pues te diré: alguien me tocó el culo cuando entramos.

Careta emitió un bufido de exasperación.

—¡Coño, pero que maldición con tu puñetero culo! ¡Deberías andar en armadura como Juana de Arco!

Poco antes de llegar a Victoria dejaron atrás la ruta 59 y tomaron por la 77. Al ver la señalización de la carretera *Careta* despertó de su modorra.

—¿Dónde vamos?

—A Brownsville.

—No. Vuelve a la 59.

—¿Por qué?

—Brownsville fue mi puerta de entrada hace diez años. Salir por allí me daría tremendo gorrión. Mejor vamos a Laredo.

—No quise revolverte los recuerdos —dijo ella, apenada— escogí Brownsville porque es el paso fronterizo más cercano a Miami.

—También es el más cercano a Guadalajara. Por eso lo escogí entonces.

De todos modos, mientras cruzaban el puente sobre el río Grande se sintió abrumado por la tristeza. Era el adiós definitivo a aquel país con el que soñara desde que era un adolescente, en el que había sido libre y feliz casi todo el tiempo, que el de la cárcel y las malandanzas fue de poca duración.

—En ninguna parte me sentiré igual que aquí —dijo Careta.

Estaban a unos metros del final del puente, de Nuevo Laredo.

—Que allí —contestó ella— Esto ya es México.

En la ciudad de México estuvieron apenas el tiempo necesario.

—Mientras más pronto lleguemos a donde vamos, más pronto volveremos a ser gente como los demás —dijo ella— Bueno, no como los demás, pero parecidos.

—No te preocupes, que no tengo ningún interés en pasar mucho tiempo aquí. En una de esas me encuentro con un señor de Guadalajara que prometió cortarme los huevos.

—¿El marido de la tal Lana?

—Ese mismo.

—No va a ser fácil ese encuentro. Esta ciudad es inmensa.

—El diablo son las cosas. Uno de los cubanos que me encarrilaron para Miami cuando crucé la frontera, profesor en una universidad de por allí, me dijo que nada era imposible, que un griego famoso, un escritor o algo así, murió cuando una tortuga le cayó en la cabeza. ¿Te imaginas ir por la calle y que una tortuga caiga del cielo y te rompa la crisma?

—De todos modos, a ti nadie te va a cortar nada, y menos eso. Yo no lo permitiría.

areta no renunció a los viejos amigos. El primero en visitarlos fue Ruy Gómez; su relación con él se había vuelto más estrecha aún luego de la muerte de la mujer amada por los dos. Cuando Ruy estaba ya para regresar tras dos semanas de jolgorio en Río de Janeiro, decidió hablarle de algo que tenía en mente desde hacía tiempo:

—Quiero que me hagas un favor, padrino.

—Pida por esa boca.

—Llama a Rosa —dijo extendiéndole un papel— Dame noticias de ella. Mándale algún dinero de vez en cuando. Habla con Avenant para que te dé cien dólares todos los meses de mi parte en las ganancias de la rastra. Y si quiere salir, ayúdala.

Ruy Gómez se echó a reír.

—Cuidado, muchachito *singóptero*. Cuidado con la boricua, que es de armas tomar; en todo sentido.

Careta negó enfáticamente con la cabeza.

—No. No es nada de eso. A mí con ella me basta, y hasta me sobra. Es que le tomé cariño a esa mujer. Ha tenido una vida muy dura.

—¿Estuviste mucho tiempo con ella?

—Un mes. El último mes que estuve en Cuba.

—Pues trabajó bien.

—Le tomé cariño. Luego se convirtió en una especie de símbolo.

—¿Símbolo de qué? ¿De lo buenas que son en la cama algunas señoras maduras?

—No es eso, te digo. Ella es... algo así como la personificación de la gente buena que se quiso adaptar a lo malo y ha tenido que pagarlo muy caro.

Ruy, que ya estaba de vuelta de casi todo, sonrió con ironía.

—Dime, ahijado: ¿tú eres el buen holguinero o el buen samaritano? Samaria queda muy lejos de Holguín.

—Lo único que hice en Holguín fue salir del vientre de mi madre y gatear; ni siquiera caminé.

Después de Ruy Gómez le tocó el turno a Avenant. Estaban en Jamaica, a donde habían ido para encontrarse con los padres de Mónica. Desde allí lo llamó.
—*Hello*—contestó una voz femenina.
Maquinalmente, *Careta* respondió en inglés.
—*Mr. Camps, please.*
—*He's travelling* —dijo la mujer —*Who's it?*
—*It's about a bussines. Do you know when he'll back?*
—*He will be here in three days. Do you want to leave a message?*
—*No, thank you. I'll call again. Thank you very much.*
—No está, ¿verdad? —dijo Mónica—Acuérdate que ustedes se pasaban casi todo el tiempo *on the road*, como Jack Kerouac y sus compinches.
—Llega dentro de tres días. Fue una mujer la que salió al teléfono; una mujer joven. A lo mejor *el Santiaguero* terminó de tejer su abrigo de invierno.
—¿Qué abrigo es ese?
—Así le llamaba él a su vida de soltero. Por cierto, la que salió al teléfono no es la novia que yo le conocí. Aquella era nicaragüense y apenas hablaba inglés.

Cuatro días después repitió la llamada. Esta vez fue la voz de Avenant la que escuchó.
—*Hello.*
—¿El señor Avenant Camps? —preguntó *Careta*, su voz en el registró más bajo que pudo lograr.
—El *mimo.*
Careta reprimió el impulso de preguntarle si se había dedicado al teatro de pantomima.

—Encantado de saludarlo, señor Camps. Soy el doctor Chumpitaz, Palomino Chumpitaz, profesor e investigador de la Universidad de Moyobamba.

—¿Moyo qué?

—Moyobamba.

—¡*Cojollo* con el nombrecito! ¿Dónde queda eso?

—En el Perú, departamento de San Martín. Ahora me encuentro en Jamaica, como parte de mi trabajo. Lo molesto porque alguien me dijo que usted, por vivir en Miami, podría ayudarme.

—¿De qué se trata? —preguntó cautelosamente Avenant.

—Estoy investigando las costumbres alimenticias de las aves palmípedas migratorias y quisiera verificar si es cierto que *lo pato* de la Florida se comen a *la moca* a la orilla de *lo canale.*

Tras un momento de estupor, Avenant exclamó:

—¡*Compay*! ¡*Hata* que apareció *uté*!

Pocos días después llego *el Santiaguero* con su nueva familia, una bonita *Cuban American,* un robusto niño de dos años y una niña que aún no caminaba.

—¡Yo quiero unos así! —dijo Mónica señalando a los pequeños, herederos de la apostura de sus progenitores, lo que le ganó la inmediata buena voluntad de los jóvenes padres.

—Se hará lo que se pueda —dijo *Careta.*

Entre ambas parejas se estableció una inmediata relación de simpatía. Al final de la primera sesión, ya tarde en la noche, cuando las damas se habían retirado, Avenant abordó el tema de los negocios conjuntos.

—*Tenemo* que hablar de la *ratra. Uté* sigue siendo el co-dueño y yo llevo *año* sirviéndole de *tetaferro.*

—¿Tetas de fierro? ¿Quién es esa señora? La quiero conocer.

—No empiece con la bobería habanera, que *eto e* un asunto serio. Le he *etado* dando cien *dólare mensuale* a su padrino, pero hay *uno cuanto mile* de ganancia acumulada que son *suyo.*

—Estaba por decírtelo —contestó *Careta*— Abre una cuenta a nombre de los niños. De aquí a que lleguen a la universidad tendrán de sobra con qué pagar los estudios.

Avenando se emocionó, pero intentó rechazar la oferta.

—Para *entonce* yo podré pagarle la universidad a *lo do vejigo.* Me ha ido muy bien. Incluso *etoy* por comprar otra *ratra.*

Careta se echó a reír.

—Siempre supe que ibas a terminar de magnate. Lo llevas en la sangre. Pero lo de la cuenta para los niños no tiene que ver con eso. Es un gusto que me quiero dar. Además, el dinero era de mi madrina y a ella le hubiera gustado emplearlo de esa manera. Acéptalo, *asere*, por favor.

—A *vece* no parece *uté* habanero, *compay* —dijo Avenant con un suspiro— *Lo* de la capital suelen tener el codo *ma* duro que el turrón de Alicante. Aunque, pensándolo bien, que sea *uté* de esa manera *quizá* se deba al lugar donde nació. Holguín no se puede comparar con Santiago de Cuba, pero también *e* parte de la bella y gloriosa provincia de Oriente.

Fue una corta, pero linda temporada. Aún no había terminado y ya la pareja exiliada hacía planes para invitarlos a Brasil.

A *Careta* no le gustaban los llamados *talk—shows* que comenzaban con insultos y acusaciones y terminaban a golpes. Nunca transcurrían cinco minutos sin que cambiase de canal. Ese día bastaron. El programa de Laura Bozzo estaba dedicado a la infidelidad entre amigos, enfrentando al marido engañado con el seductor de su esposa; esposa maltratada, que buenas golpizas le había costado su traición.

—¡Masacras a tu mujer, desgraciado! —decía Laura indignada, abrazando a la llorosa casada infiel.

—¡Yo no la masacro, señorita! —se defendía el cholo cornudo— Sólo le pego de vez en cuando.

De pronto, el cholo seductor, al parecer enamorado de la chola seducida, se levantó de su asiento y atacó a su ex amigo. Ambos hombres rodaron por el suelo. Entonces intervino un guardia de seguridad. Tomó al que estaba encima por un brazo y de un simple tirón lo separó del otro. Luego agarró al que estaba aún en suelo e hizo que se pusiera de pie. Con los brazos extendidos los mantuvo a distancia, inmovilizados. El guardia estaba de espaldas a la cámara que trasmitía en ese momento. Entonces, el director del programa apretó un botón y apareció la imagen tomada por otra cámara, que lo mostraba de frente. De un salto, *Careta* abandonó el *futón* donde había estado echado.

—¡Mira al *Gu*!—gritó.

El grito llegó hasta el cuarto de baño. Desnuda y mojada, Mónica apareció en la sala.

—¿Qué pasa? —preguntó alarmada.

—¡Ese es *el Gu*! ¡Míralo!

Restablecida la calma, el corpulento guardia aparecía de pie tras el asiento que ocupaba Laura; una expresión de absoluta indiferencia ocultaba su disposición a poner orden en la sala si alguien osaba desmelenarse. Estaba vestido con un pantalón negro y un chaleco del mismo color del que sobresalía un *pullover* blanco de cuyas mangas emergían sus enormes brazos.

—¿El de la bronca con los negros? ¿El que se escapó contigo?

—Ese mismo. Está en Perú.

Mónica quedó absorta mirando la pantalla.

—Ahora que lo veo me explico la muerte del negro.

—No te creas. Era un negro grandísimo y muy fuerte.

—Éste es otra cosa —sentenció la antigua policía, que sabía mucho acerca de la peligrosidad que podían alcanzar ciertos hombres dotados de una fuerza física excepcional.

Tan pronto se lo permitieron sus complicados negocios volaron a Lima. Sentados en la última fila de las gradas del estudio asistieron al programa, ese día dedicado a los novios que llevan a sus enamoradas a prostituirse. *El Gu* intervino varias veces en las inevitables trifulcas. Mónica notó como se esforzaba para no rozar los senos de las mujeres contendientes y sonrió complacida.

—Parece una persona decente —comentó.

—Lo es —dijo *Careta*.

Lo esperaron a la salida. Llevaba un *jersey* de lana gris sobre el *pullover*. Lo siguieron cuando tomó por la concurrida calle con paso cansino y aire aburrido. Se acercaron a él hasta que *Careta* decidió que ya estaba al alcance de sus voces.

—*Mirá*, Marta Mónica. ¡Flor de gorila!

—Si —contestó prudentemente ella.

—Vamos a hablar con él.

—¿Para qué? —dijo ella, siguiendo el libreto.

—Para contratarlo, *che*. ¿Ya se te olvidó que me han encargado el *casting* de esa nueva película sobre King Kong? *Miralo*. Es perfecto. ¡Si hasta camina como un mono, el pelotudo!

El Gu se volvió y le echó una rápida y torva mirada a la pareja que lo seguía. Luego continuó su marcha mientras *Careta* volvía a la carga.

—¿Le viste la cara? ¿Viste qué cara de simio? Apenas va a necesitar *maquishaje*.

El Gu se detuvo y los enfrentó.

—¿Qué pasa? ¿Está buscando pelea?

—¿*Sho*? ¿*Sho* buscar pelea contigo? ¡Nunca! Soy miembro de la Sociedad Protectora de Animales.

Con un rápido movimiento *el Gu* lo tomó por las solapas y lo empujó contra la pared más cercana.

—¡Te voy a reventar, argentino de porquería!

—¡*Oílo*, Marta Mónica! ¡Me *shamó* argentino! ¡Es tan boludo que no distingue un argentino de un *uruguasho*!

El Gu lo sacudió varias veces.

—Argentino, uruguayo, turco, me importa un rábano. Déjame en paz o te rompo el alma —dijo el hércules sin levantar la voz.

La gente comenzaba a aglomerarse. *Careta* decidió ponerle fin a la mojiganga.

—¿*Dejás* que te diga algo?

—¡No me digas nada! Simplemente déjame en paz.

—Una sola palabra. Una sola. *Andá*, gorila, sé buenito.

—Dila de una vez y luego lárgate.

Careta acerco su cabeza a la de él y susurró:

—*Gu*.

Quedaron inmóviles durante unos instantes. Luego *el Gu* lo soltó y retrocedió un paso. *Careta* sonrió mientras el otro escudriñaba al hombre de pelo negro y espeso bigote que tenía delante.

—*Careta* —murmuró.

Cenaron y celebraron en un restaurante junto al mar. *El Gu* contó su historia. En México se ganó la vida como *bouncer*. Luego se hizo luchador.

—*Red Menace* —dijo.

—¿La Amenaza Roja? —río Mónica— Eso suena a guerra fría.

—Así se hacía llamar *Socotroco* Godoy, un luchador cubano de cuando mi abuelo era niño. Se vestía todo de rojo, incluida la máscara. Yo le copié el traje y el nombre. Hice un par de temporadas en México y luego vine aquí con un grupo de luchadores. Entonces decidí que estaba harto de la lucha y que Lima me gustaba, al menos para un tiempo. Conseguí este trabajo con Laura. Gano menos, pero no hay porrazos.

—¿Y? ¿Te vas a quedar aquí?

—No sé. Me estoy cansando de esto también. Estoy pensando volver a México y resucitar a *Red Menace* o buscarme un trabajo con las computadoras. Aquí o allá.

Careta dejó pasar un tiempo y otras dos cervezas antes de hacer su proposición.

—¿Por qué no vienes con nosotros? En un negocio como el nuestro, un tipo como tú siempre es útil.

—Te daremos un buen porcentaje —agregó Mónica— Ven con nosotros. A *Careta* se le dificulta hacer amigos. De veras que nos vendrías bien.

El Gu tardó en contestar. Cuando lo hizo, sus palabras llevaban pesadumbre.

—Eres un tipo *chévere, Careta*. Y tu señora también, por lo que veo. Pero... tú sabes... hay personas que le traen mala suerte a otras. Mala fue la suerte que te traje yo.

—No digas eso. Tú sólo quisiste ayudarme. Aquellos negros me hubieran hecho polvo si tú no me ayudas.

—Aquellos negros te hubieran dado unos cuantos *piñazos* y punto. Hubiera hecho mejor llamando a los guardias. Pero se me subió el bestia con aquel tipo y... ya ves como terminó todo. Fue mala suerte, pero la mala suerte la traje yo. No quiero volver a traértela.

—¿Por qué ibas a traerla?

—No sé. Yo siempre he sido supersticioso. Y como te tengo aprecio, debo decirte que no, gracias. Pero éste ha sido un día grande. No sabes cuánto me ha alegrado verte de nuevo. Y la broma te quedó muy bien. Me vacilaste completo.

Aún pasaron varios días juntos. Cuando Mónica pidió ir a Machu Picchu, allá fueron los tres durante el fin de semana, aprovechando que *el Gu* no tenía programa. Luego, la pareja partió de regreso.

Llevaban tres años en el sur del Brasil. Tres años de creciente prosperidad. Pero no habían vuelto a ser personas respetuosas de la ley: el casi millón de dólares acumulado era producto del contrabando.

Sin embargo, habiendo llegado a la delincuencia por azar, no se acostumbraban a vivir de lo ilegal, aunque ambos comprendían que la ley no tenía el mismo valor en el país del que habían huido que en aquella región que todos llamaban La Triple Frontera, donde se unían Brasil, Argentina y Paraguay. Se movían por la zona fronteriza de los tres países y, cuando podían, iban a Río de Janeiro en vacaciones playeras, que el agua de Punta del Este era demasiado fría para ellos; a Buenos Aires, ciudad que les parecía fascinante; a Bariloche, en los Andes argentinos, para que la neoyorkina tuviera sus «reencuentros con la nieve.»

Fue en el cementerio de La Chacarita donde Mónica sintió el primer aviso de que el espíritu de *Careta* había iniciado su viaje de regreso. Nunca había mostrado interés en el tango, pero allí estaba, ensimismado, ante la tumba de Carlos Gardel.

—¡Qué argentinos tan distintos! —dijo.

—¿Cuál es el otro? —preguntó ella; no necesitó respuesta: —Ah, ya: el Che Guevara.

—En Cuba todavía hay gente que lo ama, que lo idolatra —dijo *Careta*, señalando la estatua del cantor— Tienen su foto en la sala como si fuera una imagen religiosa. Pero al otro tampoco le faltan adoradores, a pesar del pase de guadaña que con tanta saña ejecutó en La Cabaña.

—Bonita rima, pero, ¿qué cabaña es esa?

—Así se llama una fortaleza colonial donde estableció su matadero de gente.

«Tres cosas hay en la vida:
salud, dinero y amor.
El que tenga esas tres cosas,
que le dé gracias a Dios»

En su primer viaje a Buenos Aires habían comprado una grabación del viejo vals argentino en la voz de Alberto Gómez. Utilizada por ella como una especie de exorcismo musical, era la pieza más escuchada en aquel hogar de Foz de Iguaçú. Sin embargo, el joven matrimonio que formaban María y Vasco Porcalho, amorosos, prósperos y saludables, no era del todo feliz en la bonita casa donde vivían, con vista al río Paraná.

La falta de felicidad provenía de ambos. A ella no acababa de gustarle Brasil, aunque comprendía que, por su inmensidad, era el país más conveniente para unos fugitivos. Argentina los atrajo desde el principio de su llegada al Cono Sur y aunque la atracción aumentó cuando la visitaron una y otra vez, la crónica inestabilidad convertía en un lugar potencialmente peligroso para ellos lo que pudo haber sido una nueva patria. Además, el culto al Che Guevara les resultaba insoportable al cubano exiliado y a la *Newyorkrican* que era, ante todo, americana.

Se quedaron en Brasil, pero el tiempo no atemperó el rechazo de Mónica. Si iban a Bahía, los negros le parecían demasiado numerosos.

—No me gusta verme rodeada de ellos. Me recuerdan mis tiempos de *ganguera* y las broncas con las *gangas* afroamericanas, y los malos ratos que me hicieron pasar los negros en Miami cuando estaba de patrulla en el *Northwest*.

En Río le chocaban los contrastes entre la opulencia y la miseria.

—¡Ay, bendito! Y a mí que no me gustaba Coconut Grove, con sus casonas de blancos ricos aquí y sus casitas de negros pobres un poco más allá. Casitas, no covachas como esas.

A Sao Paulo la comparaba despectivamente con su ciudad natal.

—Una New York de pacotilla. Una Gran Manzana con gusanos.

Careta, aunque no rechazaba a Brasil, también contribuía a la inconformidad. Mónica comenzó a sospechar su origen el día que supo de dónde había sacado él su nuevo nombre y aquel apellido que habían adoptado; nombre y apellido sonaban a portugués, pero el sonido era falso.

Vasco Porcayo de Figueroa había sido uno de los primeros pobladores de Cuba y uno de los pocos nobles que participó en la Conquista, pues pertenecía a la familia de los duque de Feria. Entre los conquistadores de Tenochtitlán, sólo él y García de Holguín regresaron a Cuba. Luego se haría notorio por su sentido común al abandonar la expedición de Hernando de Soto, cediéndole al Adelantado todo lo que había aportado a ella cuando indios seminoles, invisibles en los pantanos, hicieron llover flechas sobre los expedicionarios. También por ser el de mayor productividad en cuanto a tener hijos con indias de la región que señoreaba. Acumular tierras e hijos era toda la huella que Vasco Porcayo había dejado en este mundo, pero eso bastó para que su nombre quedara en el recuerdo y lo registraran los libros de Historia de Cuba. Al saber de aquel lejano señor de vidas y haciendas cubanas que dos veces había regresado a Cuba, ella comprendió que los sueños de *Careta* se habían tornado hacia la Isla incluso antes de concluir su larga huida hacia el sur.

—Dicen que antes era casi un paraíso —dijo él mirando hacia el río, soltando el humo por la nariz.

Ella lo miró, irritada. La ponía furiosa verlo fumar marihuana. Y cada vez fumaba más.

—No lo creo. Los paraísos a veces se quedan vacíos, pero no se convierten en infiernos. Algo había allí que no funcionaba, que terminó por estropearlo todo. Ustedes los cubanos se creen la última Coca-Cola del desierto, pero si Cuba está tan jodida, por algo será. Un solo hombre no puede tener la culpa de todo. No basta un hijo de puta para destruir un país; tiene que haber muchos empujando con él. Hay muchos empujando con él: la camarilla que lo rodea y toda esa gentuza que desfila y desfila, aplaude y aplaude. ¿Y tú? ¿Crees que no me doy cuenta de que estás soñando con volver a esa desgracia de lugar?

—Es mi tierra —alcanzó a decir él.

—¡Tu tierra! De tu tierra escapaste. Sí, ya sé: la que elegiste como tu verdadera tierra la perdiste por culpa mía...

—Nunca he dicho eso.

—Pero lo piensas. Y tienes razón. La desgracia empezó por mi culpa. Pero yo he tratado de compensarte y lo que tienes no es poca cosa. Mira esta casa, que será alquilada, pero que podemos comprar cuando nos dé la gana. Mira ese carro que está *parqueado* enfrente. ¡Y mírame a mí! No hay mejor hembra en Foz de Iguaçú, con perdón de esas brasileras que se las dan de *golden pussies*. Y te quiero. Vivo para ti. ¡Y tú soñando con que las cosas cambien en tu maldita isla!

—Yo nunca iría a ninguna parte sin ti.

—Pero sabes que yo iría a cualquier parte contigo. Ahí está lo malo.

—No tienes que venir conmigo. Me esperarías aquí.

—No. Iría contigo.

—¿Crees que me quedaría allá sin ti?

—Si quisieras quedarte, tendría que ser sin mí. Pero no es eso en lo que estoy pensando. Iría contigo para cuidarte.

—Yo me sé cuidar solo.

—No, *Careta*. No te sabes cuidar. De no haber sido por tus padrinos, ella y él, esa bruja de nombre ruso hubiese acabado con tu vida. De no ser por *el Gu* y Avenant, y tu padrino, que lo planeó todo, no te hubieras escapado de la cárcel. Tú eres un niño, *Caretica*. Mi niño. Y yo tengo que cuidarte. ¿Ya vas con otro?

Él acababa de prender otro cigarro. Aspiró el humo con fruición.

—El último —tras un largo silencio, dijo: —Me gustaría volver a ver a Rosa.

El nombre femenino hizo estallar la reprimida furia de la mujer.

—¿Rosa? ¿Quién es Rosa? Tu padre está en Suráfrica, tus hermanas en Venezuela y ni hablas de ir a visitarlos, ¿y quieres ir a Cuba para ver a una tal Rosa?

—Mis hermanas no me dan ni fu ni fa. Nunca me quisieron.

—Pero tu padre sí te quiso y tú lo quieres a él. Y ahora, ¿quieres meterte en ese nido de alacranes para ver a una tipa que yo no sé ni siquiera quién es?

—Rosa es la madre de Svetlana.

—¿La bruja?

—La bruja de nombre ruso, como tú le dices.

Que Rosa fuese la madre de una mujer de su edad actuó como un sedante en la furiosa y atribulada Mónica. Quedó en silencio unos momentos. Al cabo dijo:

—Esa Rosa, ¿es tan importante para ti? ¿Por qué?

Careta tardó en contestar.

—De las personas que conozco y aún viven en Cuba, es la que más aprecio, la única a la que le guardo cariño. Fue buena conmigo. Trató de ayudarme. Me alertó sobre quién era su hija en realidad. Cuando nos acomodamos en Brasil me puse en contacto con mi padrino y le pedí que se ocupara de ella. Tenía una casa en Guanabo, una playa cerca de La Habana. La cambió por un apartamento en un barrio llamado Kohly que está junto al río Almendares. Mi padrino me mandó la nueva dirección —tras una pausa, agregó: —Quisiera verla, Mónica. Es una buena persona que ha tenido mala suerte. Los hijos le salieron todos unos bandoleros. Los cinco, y la peor es la hija. Quizás necesite de mí. De nosotros.

Mónica no pudo evitar un largo, muy largo suspiro.

—Está bien. Sigue ayudándola. Desde aquí. Si quieres, llámala.

La llamó. No hablaban desde la noche en que le anunció la llegada a Cuba de Svetlana. Muchos años. La mujer que contestó al teléfono parecía otra. Era su voz, pero nada más. Pocos momentos después que él se identificara comenzó el llanto. *Careta* nunca había escuchado un llanto como aquel.

—Me violaron, *Careta*. Me violaron. Por todas partes.

—¿Quién? ¿Quiénes? —alcanzó a decir él.

—Los tipos que viven aquí, en el edificio. Cinco tipos. De todos los colores. Estuvieron una noche entera...

Careta la dejó llorar. Cuando le pareció que el llanto cedía, preguntó:

—¿Y Lana?

—Murió. Murió de SIDA hace dos años.

Él no pudo evitar un sentimiento de alivio. Nunca había logrado eliminar del todo el temor que le inspiraba aquella endiablada muchacha.

—¿Tus hijos?

—Vladimir murió también. Lo mataron en la cárcel. Los otros tres se fueron en una balsa. Llegaron. Me mandan dinero de Pascuas a San Juan. Yuri, el más chiquito, estuvo aquí hace cosa de un año, con oro hasta en la lengua. Está vendiendo drogas. El único que volvió, pero no he vuelto a saber de él desde entonces. A lo mejor lo mataron.

—¿Y el padre, el que era tu marido?

Una amarga risa precedió a la respuesta.

—Los años pasan, *Careta*. Ya no estoy tan buena como antes. Ya no soy mujer para un *mayimbe*.

La voz desfallecía.

—Te noto muy cansada, Rosa. ¿Quieres...?

Iba proponerle que viajara a Brasil invitada por él, pero no pudo ni siquiera iniciar la propuesta.

—¿Cansada? No puedes imaginarte lo cansada que estoy. No llego a sesenta años y es como si tuviera cien. Todos desperdiciados, menos los de la niñez. Mi juventud, mi... Todo desperdiciado. Quizás hubiera podido tener una vejez tranquila si me hubiera ido a tiempo. Pero esperé y esperé. A ver si la vida aquí mejoraba, a ver si mis hijos mejoraban. Ni mis hijos ni este país tenían remedio. Todo fue una trampa. Yo creía que no había otra manera de vivir, pero todo resultó una trampa. Nunca le hice daño a nadie, nunca denuncié a nadie, ayudé a los que pude con lo poco que tenía... y terminé desnuda, con cinco tipos encima de mí, con tres dentro a la vez...

—Rosa.

—Tres al mismo tiempo...

—Atiéndeme Rosa, por favor. Te mandaré a buscar. Te mandaré eso que llaman una carta de invitación, el pasaje y lo demás. ¿Está bien?

Mónica estaba junto a él. Había escuchado toda la conversación a través del *speaker*. Cuando *Careta* la miró hizo un gesto de asentimiento.

De pronto la escucharon reír. Una risa tan amarga como el llanto anterior.

—¿Quién me lo iba a decir? ¿Quién me iba a decir que de todos los tipos con que me he acostado, que son unos cuantos, el único bueno sería el novio de mi hija?

Él se volvió hacia Mónica con un gesto de disculpa.

—Tranquila. Te mandaré a buscar. ¿Tienes dinero?

—Sí. Tu padrino nunca deja de enviarme.

—Te mandaré a buscar —dijo él por tercera vez.

Cuando colgó, estalló la furia de ella:

—¡Vaya con *Careta*! Madre e hija. Menos mal que la bruja no tenía hermanas. ¿Quieres revivir viejos tiempos o qué?

—Ya es una mujer mayor —dijo él— ¿No oíste que dijo andar por los sesenta?

—Ande por donde ande todavía tiene lo suficiente para que cinco tipos le caigan encima a la... —de pronto, su furia pareció diluirse— Pobre mujer.

Las aguas del río eran negras, como si navegaran en una cloaca a cielo abierto. Mónica las contempló con asco.

—En mi vida vi agua tan asquerosa.

Él saltó a tierra y se encaminó a una escalinata que llevaba a lo alto de la barranca. Ante un viejo y deteriorado edificio, sentados sobre cajas, había cinco hombres de variado aspecto. Conversaban mientras una botella iba de una boca a la otra. En el suelo había otras dos botellas iguales, una de ellas vacía.

Al acercarse identificó la etiqueta de un scotch, *el favorito de su padrino Ruy Gómez. Una de las botellas aún conservaba la tapa, coronada por la pequeña figura en bronce de un* Highlander. *Otra igual, atada a una cinta roja, colgaba del cuello de uno de los bebedores. El hombre lo miró. Su expresión era amenazante. Y confiada. Esa confianza que sienten algunos cuando se enfrentan a quien está solo estando ellos acompañados. Era un negro alto y corpulento, con la cara marcada por un antiguo acné. ¿Dónde lo había visto antes? Se abrió la larga chaqueta y empuñó la Uzi.*

—¿Y eso? —dijo, señalando con la punta del cañón la figurita de bronce, masculina, pero vestida con una breve falda —¿Changó disfrazado de escocés?

El hombre miró al suelo sin contestar. Careta retrocedió de espaldas hasta la puerta del apartamento mientras su mirada se paseaba de una a otra de aquellas torvas caras.

La puerta se abrió y en el umbral apareció Rosa, el rostro demudado. Él entró y la abrazó. Cuando cerró la puerta comenzó el llanto. La condujo hasta el comedor e hizo que se sentara. Él quedó de pie ante ella, mirándola. Ella levantó los ojos hacia él y dijo entre sollozos:

—Ellos fueron...

Los sollozos se convirtieron en un llanto desgarrador. Él descolgó el arma de su hombro y la puso sobre la mesa. Avanzó lentamente por el oscuro pasillo. ¿A dónde se dirigía? No escuchó el leve sonido de la puerta al abrirse. El ruido de los disparos lo sacó de su estupor. Se volvió. Rosa no estaba. Los disparos continuaban, ahora acompañados por gritos. Empuñó la Colt *y corrió hacia la salida: en la agostada hierba frente al edificio yacían los cinco hombres, en diferentes posiciones. Uno de ellos, el que le parecía conocido, se movía aún. Rosa le disparó una corta ráfaga que le destrozó el pecho e hizo añicos el pequeño* Highlander *de bronce. Fue hacia ella y le quitó el arma.*

—¡Los maté! —gritó Rosa —¡Maté a los hijos de la gran puta!

—Ya veo —acertó a decir él— Ven. Nos vamos.

—¿A dónde?

—Ya veremos.

Pasaron junto a los muertos sin mirarlos y se encaminaron a la calzada.

—Vámonos —dijo.

—Me parece muy bien —contestó Mónica.

Rosa salió del camarote. Fue hasta la popa y, de espaldas a ellos, se quitó la bata. Contemplaron estupefactos a la mujer desnuda. En la mano tenía una pistola. Luego Rosa subió al banco y se sentó sobre la borda.

—Como vine, me voy. Si hay Dios, que me perdone.

Luego se inclinó en posición fetal y con un rápido movimiento se llevó la pistola a la sien y disparó. El cuerpo, con casi todo su peso fuera de la borda, cayó al mar.

—¡Da la vuelta!

Fue inútil. El cuerpo no salió a la superficie. Navegaban en aguas profundas, más allá del veril, donde el mar tarda en devolver los cuerpos a la vista de los humanos... cuando los devuelve.

No lejos de allí, un tiburón de cuatro metros de largo percibió una señal. Era de los que llamaban alecrín en Cuba, tiger shark *al otro lado de la Corriente del Golfo y* Galeocerdo Cuvier *en los libros de ictiología en ambas riberas. Con un grácil movimiento de la cola, el gran pez efectuó un giro y comenzó a rastrear la señal. Él lo vio. Lo veía todo, lo escuchaba todo. Quería irse, pero le era imposible. La visión del animal devorando el cuerpo desnudo de Rosa lo sacó al fin de aquel infierno.*

El grito despertó a Mónica. Lo escuchó desde el otro cuarto donde se había refugiado para tratar de dormir, huyendo de los continuos gemidos y frases entrecortadas de él. Encendió la luz. Sentado en la cama, la cabeza hundida en el pecho, *Careta* respiraba con dificultad. Al abrazarlo, ella sintió el sudor que bañaba su cuerpo.

—Tranquilo –dijo.

—Soñé... qué sueño tan...

—Mañana me lo cuentas. Ahora duerme —dijo obligándolo a tenderse en la cama; se tendió luego junto a él.

—Qué terrible, Mónica. Cuánta sangre. Y tan claro todo... Estaba en Cuba.

—Cuba sólo da para pesadillas.

—Todo parecía real. Como una película. No terminaba.

—Mañana —lo besó suavemente en los labios— Mañana me lo cuentas.

—Oye.

—¿Sí?

—Quisiera ir a Suráfrica. A ver al Viejo.

—Iremos. Seguro que iremos. Duerme ahora.

Él no quería dormir. Temía que la pesadilla tuviera continuación.

—¿Sabes por qué mi padre se llama Eduardo? Por el rey que abdicó para casarse con una americana. La primera canción que aprendí, una canción en inglés, hablaba de ese rey. Me la enseñó mi abuelo jamaiquino. ¿Quieres oírla?

—Sí —susurró ella— Si eres tú quien la canta.

Él cantó:

King Edward was great, King Edward was fort
And leave his throne to the Duke of York
Love, love, love, love, love alone
Caused King Edward to leave his throne

—No recuerdo el resto —dijo *Careta* contrito.

—Yo sí. Óyelo:

King Edward not great, King Edward not fort
King Edward was just a fucking asshole

La risa lo relajó. Poco después dormía.

Esa misma noche tomó su decisión. Cuando lo supo dormido se levantó y salió a la terraza. Hacía un tiempo que se sabía observada. Cuando supo con certeza la identidad del que tanto la miraba, una idea surgió en su mente. Aquel hombre bien valía un perdón para alguien cuyos delitos eran homicidio involuntario y fuga carcelaria.

Al día siguiente, durante el desayuno, Mónica dijo:

—Creo que encontré una llave para el regreso.

Careta devolvió la taza al platillo y la miró.

—Yo no quiero regresar. Sólo quisiera...

—Estoy hablando de regresar a los Estados Unidos, no a tu porquería de isla. Creo que podría conseguir...

—¿Qué nos amnistiaran? —preguntó él ansioso.

—Que te amnistiaran —dijo ella lentamente —Yo no necesito amnistía. Los delitos que cometí no los conoce la policía. De la muerte del *narco* sólo sabe Menéndez, que no va a hablar porque está implicado.

—¿Y qué hay de *harboring a fugitive*?

Ella sonrió, divertida.

—¡Miren a *Careta*! ¿Dónde aprendiste esa jerga jurídica?

—Por ahí—dijo él— Dime: ¿qué hay de esa otra *felony*?

—De esa nadie tiene conocimiento.

Careta asintió.

—Es verdad.

—Claro que lo es. Eres tú el que necesita perdón. También *el Gu* —ante la mirada interrogante, agregó: —Lo vamos a necesitar. Dentro de cuatro o cinco días volaré a New York. Mientras, ve a ver al *Gu*.

—Pero, ¿qué le digo?

—Que lo necesitamos para una operación peligrosa que pudiera terminar con él de vuelta en casa. Nada más dile eso.

—No podría decirle más. No me has dicho lo que tienes en la cabeza.

—Te lo diré cuando sepa que lo puedo hacer. Antes, no vale la pena. Aunque, pensándolo bien, mejor espera a mi regreso para ir a verlo; no sé si mi propuesta les interese.

Tras varios años avecindada en aquel remoto y complicado rincón del Cono Sur ya conocía la identidad de todo el mundo; al menos la de aquellos que era conveniente conocer. La crisis emocional de *Careta* y su propio descontento hicieron nacer en ella la idea que ahora tomaba forma.

Ese mismo día acudió al café donde descubriera que la observaban. Por primera vez hizo una discreta demostración de interés. Breve y de baja intensidad. Enseguida pidió la cuenta y se marchó.

Regresó al día siguiente a la misma hora y repitió su desempeño anterior. Fue suficiente. El hombre se puso de pie y avanzó hacia ella. Mientras llegaba lo observó. Era muy alto, lo bastante como para andar ligeramente encorvado y pasar de los seis pies, moreno como todos ellos, no usaba barba, y, sin duda, un hombre de muy buena presencia.

—Buenas tardes —dijo con voz profunda.

Mónica sintió una llamada de alarma. ¿Cómo sabía que ella hablaba español? Se tranquilizó inmediatamente. Si un hombre se come con los ojos a una mujer durante tantos días y cuenta con recursos, era natural que averiguase detalles sobre ella.

—Buenas tardes —contestó alzando la vista.

—¿Puedo sentarme?

Ella sonrió con sarcasmo.

—¿Perdió su silla?

—No —dijo él sin perder su seriedad—Pero la que tengo no es tan buena como ésta —dijo señalando la otra silla junto a la mesa.

—¿Quiere llevársela?

Él movió lentamente la cabeza en un gesto de negación.

—Si me la llevara perdería calidad. Dejaría de ser una silla especial.

—¿Qué tiene de especial?

—Que está cerca de usted.

Mónica se echó a reír. No tuvo que esforzarse para hacerlo.

—Está bien, siéntese. Sea feliz.

El hombre se sentó.

—Ya lo soy —dijo— Estoy aquí, en este café tan acogedor, en una tarde tan bonita y en compañía de la mujer más hermosa de la Triple Frontera.

Esta vez ella apenas sonrió.

—Muy amable, señor...

Conocía desde hacía tiempo su nombre.

—Ziad —dijo él extendiéndole la mano.

Ella puso la suya brevemente sobre la de él, que no intentó retenerla.

—María.

Él la miró a los ojos. Luego desvió la vista, la dirigió hacia la taza de té que ella tenía delante.

—Me gustaría... Ya sé que es un atrevimiento, pero le ruego que no lo tome a mal —se interrumpió, como buscando las palabras.

«Así que eres tímido», pensó ella. «Sí. Tan tímido como Frank Sinatra». Esperó en silencio.

—Quisiera... —otra pausa— que me hiciese el honor de aceptarme una invitación a cenar.

—¿Con que objeto, señor Zaid?

—Ziad.

—Perdón. ¿Con que objeto señor Ziad?

—Para alimentar mi vanidad. Cuando vuelva a Damasco les diré a mis amigos que una mujer escapada de *Las mil y una noches* aceptó cenar conmigo.

Mientras ella reía, el agregó:

—Pura vanagloria, pero con ello no le hago daño a nadie, ¿verdad?

—Está bien —dijo Mónica sin mirarlo—Pero tendrá que esperar un poco. Dentro de un par de días salgo de viaje.

Él tuvo una leve sonrisa de complacencia.

—Vuelva pronto.

—Una semana. Dos a lo sumo. Y bien. Debo despedirme. Me ha dado gusto conocerlo.

Cuando ambos se pusieron de pie, el hombre no intentó darle la mano. Se despidió con una leve inclinación de cabeza.

—Que Dios la proteja en su viaje.

Ya en el auto, Mónica no pudo atajar un mal pensamiento: «Zinedine Zidane antes de perder el pelo».

Al menos no sería un tormento acostarse con él.

Siempre le fascinó aquel edificio construido con piedras traídas de Europa, restos de conventos y monasterios medievales. Caminaba lentamente bajo los grandes árboles de Fort Tyron Park cuando escuchó una voz femenina y cantarina.

—*Hi, Martha. Good to see you* —y una octava más baja: —*FBI.*

Se volvió, sonrió y dijo:

—*Hi, Melissa. How're you doing, sweetie?*

Ella había acudido en taxi a la cita en Los Claustros. Tomaron el auto de la oficial y en él se encaminaron hacia el sur de Mannhattan por el West Side. Hablaron.

La oficial, que no era del *FBI*, sino de la *CIA*, era una mujer de poco más de cuarenta años, rubia, delgada y de agradable aunque algo intimidante presencia. Congeniaron. Los cuatro días que siguieron los pasaron en una casa de Long Island. Cuando todo estuvo dicho, Mónica hizo una petición:

—*I would like to see my parents.*

Melissa pareció considerarla.

—*They remaind in Spanish Harlem, don't they?*

Mónica sonrió. A esas alturas del juego, la agente sabía perfectamente donde vivían sus padres.

—*Yes.*

La mujer hizo un amable gesto de negación.

—*Not now, Martha. Better when you get back. Sorry.*

—*No problem.*

Se despidieron con un abrazo en la pequeña estación del tren que iba a New *York.*

—*Good luck* —dijo la oficial.

Horas más tarde estaba ante la puerta de una casa de North Bergen, New Jersey. Cuando se abrió, ella dijo:

—Hola, padrino.

El día de su regreso se negó a hablar del proyecto. Quería una noche para el recuerdo. La tuvo.

Cuando se levantaron lo llevo al extremo más apartado del patio. Se sentaron sobre unas grandes piedras.

—Se trata de secuestrar a Ziad Kanawati —dijo ella.

Él asintió.

—Entonces, ¿es cierto que es de Al-Kaida?

—Tan cierto como que el Papa es católico.

Careta guardo silencio unos instantes.

—No va a ser fácil—dijo.

—No lo haremos solos. Varios hombres estarán aquí. El *Gu* y tú... —se detuvo para pensar lo que iba a decir; luego dijo: —Además de Ruy y los hombres que contrate. Ellos… —con un breve gesto dejó claro de quienes se trataba— se harán cargo del moro y de nosotros cuando crucemos el río.

—Menos mal —dijo él, meditabundo— Menos mal, porque el asunto se las trae. Lo que me pregunto es por qué no lo hacen ellos mismos; por qué van a darnos amnistía por hacer algo que ellos pueden hacer.

Había llegado el momento. Mónica se sintió invadir por una abrumadora tristeza.

—No podrán hacer nada sin mí. Y el pago que pedí fue que tú pudieras volver. Tú y *el Gu.*

—Y tú, ¿qué vas a hacer?

—Lo vamos a agarrar en su casa. Yo estaré adentro —decidió decirlo de una vez— Voy a acostarme con él.

Careta quedó estupefacto. Miro a un lado, al otro, a ella. Luego se puso de pie.

—Mejor nos quedamos aquí —dijo en un susurro.

—No. Si quieres, quédate, pero yo me voy. Sólo hay dos opciones: te quedas y yo me voy o lo hacemos y nos vamos los dos.

Se puso de pie, encaminándose al *garage*.

—Piénsalo —dijo sin volver la cabeza.

Esa noche él se fue a dormir al otro cuarto.

Al día siguiente se levantó tarde. Ella lo esperaba con la mesa lista para el desayuno. Al verlo, supo que apenas había dormido.

—¿Y bien?

Tras un largo silencio mirando sin ver lo que tenía delante, él asintió con la cabeza. Luego dijo:

—Y bien, ¿qué? Ya tú decidiste.

Desayunaron sin mirarse, en silencio. Hasta que ella dijo:

—Tienes que ir a Perú.

—Sí —dijo él— Iré un día de éstos —tras una pausa preguntó: —Si quiere participar, ¿lo traigo?

—Querrá participar, pero no lo traigas. Dile que esté listo para cuando lo llamemos.

Ya no hablaban como una pareja, sino como dos conspiradores. Mónica se levantó de la mesa y salió al jardín. No quería que él viese sus lágrimas.

El asedio duró un mes. Tras cinco cenas, ella accedió. Ya estaban frente al hotel cuando comprobó lo que ya sabía, que aquel hombre no era, no podía ser una presa fácil.

—En un hotel no.

—¿Por qué?

Tras una larga pausa, ella dijo:

—Yo he querido mucho a mi marido. El amor se nos ha muerto, pero eso no es motivo para que lo humille. No quiero que nadie vaya a decirle que me vieron entrar en un hotel con otro. Esto no es Sao Paulo. Ni siquiera Porto Alegre.

—¿Pretendes que te lleve a mi casa?

El hombre la miraba fijamente. La sospecha estaba en sus ojos. Mónica la enfrentó.

—¿Pretender? Yo no pretendo nada. Te digo que no entro a un hotel. ¿Hay alguien en tu casa que no quieres que se entere de tu conquista? Pues ve para allá y tranquilízala.

—Vivo solo —dijo él sin quitarle la vista de encima.

—Entonces, ¿qué te impide llevarme a tu casa?

—Digamos que hay gente a quien le gustaría acabar conmigo.

Mónica volvió la vista a la calle mientras asentía repetidamente.

—Comprendo —dijo al cabo— Si es así, haces bien.

Un momento después había salido del auto. Cerró la puerta con suavidad.

—Lo siento, Ziad —dijo— Aunque quizás sea mejor así.

Él la miró alejarse. Caminaba con rapidez. Cuando estaba a unos veinte metros y se disponía a cruzar la calle él puso el carro en movimiento.

Mónica se inclinó hasta hacer que su rostro asomara por la ventanilla del automóvil. Lo miró en silencio. Luego dijo:

—En tu lugar yo haría lo mismo. Y te diré algo más: para un hombre con enemigos peligrosos nada es más importante que la prudencia. Cuídate, que Dios te cuidará.

Se volvió y echo a andar. Él se bajo del carro, la alcanzó, la tomó de un brazo.

—Ven —dijo— Por ti se pueden correr riesgos.

—Depende de qué tamaño sea el riesgo —dijo ella mirándolo a los ojos— Si es grande, de muerte, ninguna mujer vale tanto —antes que contestara, agregó: —A menos que prefieras las huríes del paraíso a las mujeres de este mundo.

Él sonrió.

—Vamos —dijo.

La tal Melissa o como se llamara, se las sabía todas, pensó Mónica mientras se dirigían a la casa. Le había bastado con seguir sus instrucciones, como si recitara un libreto.

Ella llevaba más de un mes sin hacer el amor. Eso la ayudó en su tarea de deslumbrar a Ziad Kanawati, el hombre de Al-Kaida en la Triple frontera, un hombre al que no era fácil deslumbrar.

—Tu marido se fue a Río de Janeiro —dijo Kanawati. Cenaban en el pequeño restaurante árabe que parecía ser su favorito.
—¿Lo tienes bajo control?—dijo ella, risueña.
—Nunca está de más. ¿Que fue a buscar a Río?
—No sé. Río le gusta mucho —con un dejo de tristeza agregó: —Quizás fue a buscar consuelo con alguna mulata.
—¿Es carioca?
Mónica lo miró directamente a los ojos y sonrió.
—En otro lugar del mundo te preguntaría si eres realmente damasceno, pero no aquí. En la Triple Frontera no se hacen preguntas, *effendi*. ¿Acaso le pregunté cómo sabía que mi idioma era el español? No, ¿verdad? Y su español, ¿dónde lo aprendió? —le puso un dedo en los labios— No, no me lo diga. ¿Qué más da si fue en Lima o en Cartagena de Indias?
—Y tú, ¿dónde aprendiste esa palabra?
—¿Cuál?
—*Effendi*.
—Ni te lo imaginas —dijo ella riendo— En *Adán Buenosayres*, una novela de un escritor argentino.
—Leopoldo Marechal.
—¡Qué bien! Como que somos cultos, ¿no?
Pensativo, Kanawati, agregó leche cuajada al plato de carne cruda molida que tenía delante
—Quédate a dormir conmigo. Hasta que vuelva.
—Está bien —murmuró ella.

Mientras estaba en la casa sólo tenía ojos para él. Nada parecía interesarle. En realidad, todo le interesaba. Cuando Ziad le daba la espalda o miraba hacia otra parte, sus bien entrenados ojos de policía tomaban nota de cada detalle de la casa y sus alrededores. Durante los desayunos en la terraza no le prestaba la menor atención a lo que la rodeaba. De todos modos, la casa estaba siendo fotografiada por satélite y eran ellos, los dueños del satélite, quienes debían averiguar cuales eran los mejores caminos. El sexto día, cuando entraban en la propiedad que se extendía por una hectárea en la afueras de Foz de Iguazú, ella recordó una de las instrucciones de Melissa: «*Too much of nothing, including indiference*». Tenía razón; siempre parecía tenerla: aquello, sea lo que fuese, resultaba demasiado llamativo para que alguien no sintiera curiosidad por saber qué era.

—¿Qué es eso? —dijo señalando la construcción circular coronada por un domo de plástico.

Él sonrió.

—Ahí tengo a mi mascota favorita —dijo— ¿Quieres verla?

Caminaron hacia el domo, tomados de la mano. Al llegar, ella notó que el muro circular estaba interrumpido por unos ventanucos calados de metal sólido. Al asomarse por sobre el muro, de apenas metro y medio de alto, vio que el recinto estaba ocupado casi totalmente por un estanque, también circular. En el agua se movía una forma alargada, de un color amarillento veteado de gris oscuro.

—Ahí la tienes —dijo Ziad; la observaba con atención mientras ella miraba la enorme serpiente.

—Una anaconda. Extraña mascota.

—Me es muy útil.

Mónica ya se había repuesto. Se volvió y lo miró a los ojos.

—¿Útil? ¿Para qué?

—Para castigar a los que me traicionan y luego hacerlos desaparecer. Primero los mata con una muerte lenta, la que se merecen, y luego se los traga. No creo que haya otro animal que proporcione una muerte peor —Ziad miraba alternativamente a ella y a la anaconda— Un tiburón, un cocodrilo, un tigre te matan con rapidez. Nada mata tan lentamente como una serpiente, sea con veneno o como lo hace ésta.

—Sí, ¿eh? ¡Qué animalitos tan encantadores son las culebras! Con razón hablan mal de ellas en *la Biblia*. Supongo que también en *El Corán*.

Ziad la contemplaba atentamente.

—¿No tienes miedo?

Ella lo enfrentó.

—¿Miedo? ¿Por qué habría de tenerlo? Dices que mata a los que te traicionan. ¿Cómo podría traicionarte yo? Yo no como de tu pan. No soy tu empleada ni tu esposa. Ni siquiera tu querida. ¿Miedo a tu serpiente? No hay animal más peligroso que un hombre malo y yo he conocido unos cuantos. Dile a uno de tus guardias que me preste su Thompson y verás.

—Son Schemeisser, no Thompson.

Ella sabía perfectamente que eran Schemeisser. Desde el primer día le llamó la atención que usaran un arma de la II Guerra Mundial.

—Lo que sean. Diles que me presten una.

—¿Para qué?

—Para entrar ahí —dijo señalando la construcción circular —Verás qué agujeros más bonitos le hago a tu mascota.

Ziad miro a lo alto con aire soñador.

—¿Mataste alguna vez a alguien?

Ella bajó los ojos en un gesto de inequívoca modestia.

—Sólo a dos —se echó a reír— Perdón: a tres. Me olvidaba del más importante.

Él rió también. La tomó por la cintura y caminaron rumbo a la casa. A partir de ese momento ella comenzó a buscar una manera de matar a la gran boa en el momento del ataque o poco antes; por alguna razón que no lograba explicarse sentía que detestaba a aquel animal espantoso. Se convirtió para ella en un símbolo de la crueldad inútil, de la ferocidad convertida en disfrute para aquellos a los que se enfrentaba. Pero la serpiente quedaría con vida: no pudo encontrar la manera de matarla sin poner en peligro la operación. Lo mejor que se le ocurrió fue acudir al cubil circular después de haber puesto a dormir a Ziad y antes que llegaran los asaltantes, y dispararle con un arma provista de silenciador. Ello implicaba arriesgarse a llamar la atención de los guardias, que nunca la habían visto sola fuera de la casa. Desistió.

Ziad Kanawati era feliz. Siempre lo había sido. O casi siempre, que la felicidad permanente es una entelequia. Nieto de un acaudalado comerciante de Jerusalem que había huido a Jordania bien provisto de dinero tras la derrota árabe en la Guerra de los Seis Días, placeres no habían faltado en su vida. Placeres de todo tipo. En el logro de los que proporcionaba el sexo lo habían ayudado su apostura y natural simpatía, que reforzaban la riqueza de que disponía y la prodigalidad con que la gastaba. Pero mujeres como aquella, en la que se conjugaban la belleza, la fogosidad y un carácter que era un reto, no abundaban. En eso pensaba mientras yacía bocabajo en su lujoso lecho cuando un golpe en la nuca lo dejó semiinconsciente. No fue un golpe muy fuerte. Sin embargo, no podría recuperarse de sus efectos: una pequeña aguja se le clavó en el cuello y todo fue oscuridad.

Diez segundos después, respondiendo a una señal electrónica enviada por Mónica, comenzó el ataque.

Todo fue rápido y simple. Los guardias de la puerta y los que hacían la ronda fueron aniquilados casi al mismo tiempo. Los dos perros doberman, de por sí poco inclinados a ladrar, no tuvieron tiempo para hacerlo. Los cinco asaltantes, cuatro ex militares argentinos y *el Gu*, llegaron en instantes a la casa, cuya puerta principal encontraron abierta. Tres de ellos subieron al piso alto y entraron al cuarto principal.

En la cama, desvanecido, estaba el hombre que venían a buscar. Por alguna razón y con mucha dificultad, Mónica le había puesto un albornoz. No quería que *Careta* lo viese desnudo. Conocía lo suficiente la mentalidad masculina como para saber la inclinación a las comparaciones que padecían los hombres, y la comparación con aquel árabe podría sumir en la tristeza al que todavía amaba.

La precaución fue inútil, porque *Careta* no estaba entre los asaltantes. Uno de los dos neófitos debía quedar a cargo de la embarcación en la que cruzarían el Paraná, y los profesionales prefirieron llevar al *Gu* por si se hacía necesaria su fuerza. Fue una buena elección: el forzudo *Cuban American* se echó al hombro con facilidad a Kanawati, que pesaba más que él, y bajó las escaleras como si tal cosa. Subieron al carro de Mónica y tomaron rumbo al portón que daba acceso a la propiedad. El portón parecía tan cerrado como cuando llegaron, pero lo estaba sólo en apariencia. Uno de los argentinos se bajó del carro y despejó el camino. Luego volvió a unir las dos grandes hojas de pesada madera y subió de nuevo al auto. Se alejaron a buena velocidad; no tanta que llamara la atención.

En el río, con los motores encendidos, estaba la lancha que los llevaría a Paraguay. Ya con todos a bordo, *Careta* la puso en marcha. No miró al hombre vestido con el albornoz gris. En la ribera paraguaya los esperaba Ruy Gómez junto a una camioneta Tundra en cuya parte posterior había un contenedor. *Careta* y *el Gu* entraron en él con el secuestrado y cerraron por dentro. Aún estaba bajo los efectos de la inyección, pero los hombres no corrieron riesgo alguno; lo ataron de pies y manos a una camilla y luego lo amordazaron. Ruy le entregó un sobre a cada uno de los argentinos.

—Cuéntenlos —dijo.

El que los mandaba sonrió, pero Ruy no vio su sonrisa; no se habían quitado los pasamontañas.

—No hace falta, amigo —dijo— Conozco a los hombres de ley.

Los argentinos retornaron a la lancha y se perdieron en la noche.

Cinco horas después estaban en el aeropuerto de Asunción. Subieron el contenedor, cuyos documentos estaban en regla, a un DC-8 de carga. Mónica abrazó a Ruy y entró en la nave.

Careta, *el Gu* y el prisionero permanecerían en el contenedor hasta que el avión estuviese en el aire.

No se hablaron durante las nueve horas que duró el viaje, que incluyó un descenso en Cali para tomar combustible. *Careta* no miró ni una vez al hombre que había gozado a su mujer. Pensó mucho en su padre, en lo que debió haber sufrido al saberse traicionado. Lo de Mónica no había sido traición. Su madre había mentido durante años; Mónica, ni un solo día. La madre de la que no quiso saber nunca más había dejado dolor y humillación como herencia de sus hechos, mientras que Mónica lo traía de vuelta a donde se sentía pertenecer. Lo que hizo lo había hecho por él, hubiese sacado o no placer de ello. Aún así, dolía con una intensidad desconocida, como nada le había dolido en su vida; ni siquiera la muerte de aquella mujer a la que llamaba su Ángel de la Guarda.

Todo el viaje lo pasó observándola sin que ella lo notara, buscando signos de pesar por la suerte de aquel hombre. Como él, ella tampoco lo miró una sola vez durante el largo viaje. Agotado, *Careta* terminó por caer en un sueño profundo tan pronto despegaron de Cali.

Llevaban varios minutos descendiendo cuando ella penetró en la cabina de mando. Cerca estaba ya la boca de una inmensa bahía circundada por una zona de colinas bajas y semidesérticas que Mónica contempló con sorpresa. ¿Era esa la bella y fértil Cuba de la que tanto había oído hablar? Cuando el copiloto se volvió a mirarla ella señaló a la tierra que se hacía cada vez más cercana.

—¿*Gitmo*?

—*Yes, Mam'm* —contestó el oficial— *that's Gitmo. Please, get back to your seat.*

Mónica salió de la cabina, pero no volvió a su asiento. En vez de eso, se sentó junto a *Careta*, que no se volvió a mirarla.

A través de la ventanilla contemplaba el paisaje, también extraño para él.

—Dos pájaros de un tiro —dijo ella.

Sólo entonces él la miro, sin comprender sus palabras.

—Tenías grandes ganas de volver a América y algunas ganitas de volver a Cuba. Pues ahí las tienes: esto es Cuba, pero bajo bandera americana. Gracias a la puta de tu mujer.

—Nunca te he llamado puta.

—Es verdad. Ha sido gentil de tu parte.

Careta, sin quitar sus ojos del paisaje extraño, preguntó:

—¿Qué vas a hacer?

—Me voy a New York. Quiero ver a mi familia. A esa gentuza le tomará algún tiempo identificarnos. Después tenemos que ir a Washington. El *FBI* se encargará de nosotros.

—Y del *Gu*.

—No. Los de Al-Kaida no saben de él. Sólo nos buscarán a nosotros.

Quedaron en silencio. Cuando el avión fue sacudido por el contacto de las ruedas con la pista, Careta se volvió hacia ella.

—¿Cuándo debemos estar en Washington?

—Dentro de dos semanas.

—*OK*. Estaré con Ruy. Y con Avenant.

El avión ya se movía con lentitud hacia los hangares de la base. Tras una pausa, ella dijo:

—¿Por qué no vas para mi casa?

Inmediatamente pensó que debió decir «nuestra casa», pera ya era tarde. Él se volvió a mirarla.

—Si no te molesta...

—Me gustaría que lo hicieras. Avenant tiene copia de las llaves. Se las di cuando nos visitaron.

—Está bien —dijo él.

Dos semanas después ella lo llamó.

—¿Qué tal?

—Bien. ¿Cómo te ha ido?

—No me quejo. Mañana voy para Washington. ¿Dónde nos veremos?

—Ya estoy aquí.

—¿Dónde?

—En Washington. En el Mayflower. Habitación 425.

—Perfecto. Llegó mañana, a los 11. Te llamo cuando llegue, ¿no?

Hubo un largo silencio, que él rompió con su respuesta, que fue una pregunta:

—¿Quieres que te recoja?

La pausa fue mayor que la anterior. Él escucho su respiración. Hasta que ella dijo.

—Sí. Eso es lo que quisiera. Que me recogieras. ¿Lo harás?

—¿De veras quieres que lo haga?

—En estos momentos es lo único que quiero. ¿Lo harás?

—Sí.

Él la vio primero. Avanzaba presurosa por el largo pasillo escrutando el salón más allá de la zona restringida a los pasajeros. Vestía un *jean* y una blusa amplia de un color verde claro, y calzaba sandalias. *Careta* dio unos pasos alejándose de la columna tras la que se había apostado. Mónica lo vio. Aún estaba lejos y él no pudo ver la expresión de su rostro al verlo. De pronto, ella comenzó a correr. Corrió varios metros hasta que, con un gesto de niña sorprendida en falta, de mujer que teme haber hecho el ridículo, se detuvo. Entonces *Careta* abrió los brazos y ella, tras un instante de vacilación, echó a correr de nuevo hacia él.

www.ingramcontent.com/pod-product-compliance
Lightning Source LLC
Chambersburg PA
CBHW020525120726
47904CB00003B/969